「も……だめ、ですっ……」

「どうして?」

――優しくて残酷な指先が郁海の身体に馴染んでいく。

身勝手なささやき
MIGATTENA SASAYAKI

身勝手なささやき

きたざわ尋子

12738

角川ルビー文庫

目次

イラスト／佐々《さつさ》成美《なるみ》

1

図書室というのは、たいていの場合静かであるものだ。

佐竹郁海《さたけいくみ》が通う斉成《さいせい》高校のそれも例外ではなく、生徒がそれなりにいるわりにはまずまずの静けさが保たれていた。

だからといって話し声がしないわけではなかった。喋《しゃべ》ってる者はかなりいるのだが、その声が小さくて、ちょうどいいざわめきになっている。

だから郁海の独り言も、目立たなくて済んだ。

「何で……？」

目の前で開いた卒業アルバムから、積んである数年分のアルバムに目を移す。それらはすべてもう目を通したものだった。

図書室の片隅《かたすみ》には第一期生からの卒業アルバムが保存してある。歴史はせいぜい五十年弱というところで、抜《ぬ》け落ちている年はない。そもそも郁海が見たかったのは今から十四、五年前だからそんな大昔のことは関係なかった。

その年だろうと目星を付けたアルバムから、念を入れて前後三年。隅々《すみずみ》まで見たのに目的の名前は見つからない。さらにそれぞれ二年分追加して探したのだが、やはりどこにもないようだった。

（おかしいよ……）

母校だと言っていたのに、いくら探しても「加賀見英志《かがみえいし》」という名前は見つからない。郁海の隣人《りんじん》にして、恋人《こいびと》でもある男の名前だった。彼がこの学校の卒業生だと言ったのは郁海の父親で、それを本人は否定しなかった。

なのにいくら探してもないのだ。

郁海は椅子《いす》の背もたれにもたれ、ふっと大きな息をついた。

あるいは今と名前が違《ちが》うのだろうか。普通《ふつう》はあまりないことだが、加賀見は郁海と一緒《いっしょ》で出生に事情があるから、途中《とちゅう》で姓《せい》が変わった可能性だってないとは言い切れない。郁海は〈加賀見〉という姓だけを目で追ったから、その場合は見落としたって不思議ではなかった。

だがそれを踏《ふ》まえてもう一度調べる時間はない。図書室の閉館時間が迫《せま》ってきていて、ぞろぞろと生徒たちが帰り支度《したく》を始めている。

また今度にしよう、と思いながら、郁海はアルバムを纏《まと》めた。

「何してんの？」

背後から顔をひょいと覗《のぞ》き込んできたのは、クラスメイトだった。いきなりのことに驚《おどろ》いて郁海は持ち上げかけていたアルバムを閲覧《えつらん》机の上に落としてしまったが、その音はさほど響《ひび》かなくて済んだ。

クラス委員長をやっている前島宏紀《まえじまひろき》は、机に手を突《つ》いてじっと郁海の顔を見つめている。露骨《ろこつ》に驚いたところを見せたことが何となく癪《しゃく》で、郁海はことさら素っ気ない態度を取った。

「別に」

「誰《だれ》か知り合いでもいんの？」

さらりと言われて言葉につまる。わかっているならば聞くなと言いたかったが、それでも郁海は黙《だま》ってアルバムを七冊ばかり持ち上げようとした。

そのうちの四冊ほどが、さっと手から取り上げられて一気に軽くなる。

啞然《あぜん》として前島の顔を見ると、何でもないような顔をして前島はきょろきょろと戻《もど》すべき棚《たな》を探していた。同じ年だというのに、前島はとても一年生に見えないほど大人びている。たとえば留年しているのだと告白されても納得《なっとく》してしまうだろう。中学生に見られる郁海とは大違いだった。

郁海の恋人には遥《はる》か及《およ》ばないけれど、前島もけっこう整った顔をしている。いつ見てもにこにこと笑っていて、よく言えば愛想がよく、悪く言うとしまりがない感じがした。現に彼が怒《おこ》ったり不機嫌《ふきげん》だったりしたところを見たことがない。郁海がいくら邪険《じゃけん》に扱《あつか》っても、まったく気にしたふうもなく、またちょっかいをかけてくる。それがまた、小手先であしらわれているようで気にくわなかった。

一方で、最初ほど前島を煙《けむ》たがっていないのも確かだ。前島は意外にも気遣《きづか》いが細やかで、郁海がクラスに溶《と》け込みやすいように気を配っているし、休んだときにはわざわざ電話をくれたりする。委員長で、担任から郁海のことを頼《たの》まれているというのがあるにしても、彼はとても親切だった。

客観的に見て、いいやつなのだろうということは郁海にもわかっている。けれども口数の多い前島は、いかんせん郁海の苦手なタイプだった。委員長なのにクラスで一番はめをはずしているし、委員会だとか議会に対していい加減だし、よく担任にも注意をくらっている。それでいて人気者で、成績は学年トップなのだ。進学校でこの成績なのだから、これはもう文句なく優秀《ゆうしゅう》ということである。

「何？　見とれてくれてんの？」

おまけに言動がふざけている。郁海は呆《あき》れたような目で一瞥《いちべつ》し、戻すべき棚に向かって歩きだした。

こういう言動パターンは、ここのところ郁海の周りでは珍《めずら》しくなくなった。何かと楽しそうに郁海をからかう輩《やから》が少しずつ増えてきている気がする。

だいたい郁海の恋人にしても、最初は何て人だろうと思ったものだ。

少し前のことなどなかったように前島は隣《となり》に並んできた。結局、どれもこれも彼にとっては大して意味がない発言なのだ。

「棚どこだっけ？」

「左の奥から二つ目。学校史ってとこ」

「ああ……はいはい」

前島はすたすたと先に歩いていくと、空いている棚にアルバムを戻した。そうして遅《おく》れて着いた郁海の手からさらにそれを取って同じように収めていく。

隙間《すきま》なく卒業アルバムは棚に並んでいた。

「……りがと」

「ん？」

「アルバム。運んでくれてどーもって言ったの。それじゃ」

郁海は早口にそう言うと、くるりと踵《きびす》を返して歩きだした。

前島が目を丸くして、それからふっと笑《え》みを浮《う》かべたことは、背中を向けてしまった郁海にはわからなかった。

図書室の入り口には棚があって、ここに鞄《かばん》などの荷物を置いて入室することになっている。貸し出しカウンターを通さずに本を持ち出さないようにという意味だった。

残った鞄やコートはもう残り少ない。その中から自分のコートを取って着ていると、当然のように前島がやって来た。

「一緒に帰ろうよ。途中まで一緒じゃん。あ、なんだったらどっか寄ってく？　三つ先の駅前に、美味《うま》いケーキ屋あるよ」

なっていた。


「買い物あるからいい」

「何買うの？　服？」

並んで図書室を出ることになったが、郁海の中からはもう前島を振《ふ》り払《はら》おうという気はなくなっていた。

どうせ無駄《むだ》なのだ。嫌《いや》だと言ってもついてくるのはわかりきっていた。

「夕飯の材料」

「はい……？」

前島の啞然とした様子を見て、郁海はしまったと思った。

郁海が一人暮らしであることは、学校にもクラスメイトにも明かしていないことである。連《れん》絡網《らくもう》用にと配られた郁海の連絡先にはマンションの住所と電話番号が記載《きさい》されていて、保護者の欄《らん》には姓の違《ちが》う実父の名前が載《の》せられていた。学校側の配慮《はいりょ》で下の名前だけだったが、両親がいれば揃《そろ》って名前が載るので、郁海は父子家庭なのだと思われている。

いろいろと複雑なのだ。実父と対面したのは去年のことだし、認知してもらったのも同時くらいだ。だからいまだに父親という実感は薄《うす》い。少しずつ膨《ふく》らんで形になってきているのかもしれないが、父親の望む親子関係になるにはほど遠かった。

もちろん同居する予定もない。父親には郁海の母親ではない妻がいて、外で作った子供を家に入れられる環境《かんきょう》にないのだ。郁海だってそれを望んではいなかった。

だからこのままでいいと思っている。

家事だってもうすっかり慣れた。養父母を亡くし、実父に引き取られるという形の一人暮らしを始めた最初はハウスキーパーが派遣《はけん》されてきていたのだが、郁海は鬱陶《うっとう》しいからそれを断った。以後自分で何もかもしているのだ。

それに去年からはほとんど二人暮らしみたいなものだった。隣に越《こ》してきた恋人が、ずっと入り浸《びた》っているからだった。

買う食材も二人分である。

しばらく黙っていた前島は、校門を出ることになってようやく「ほー」という、感嘆《かんたん》の息を吐《は》いた。

「偉《えら》いじゃん。家事やってんだ？」

「一応」

「へー……それはちょっと意外だったな。さすがに噂《うわさ》の中に、それはなかったもんなぁ」

「噂……？」

郁海は怪訝《けげん》そうにちらりと前島の顔を見やった。

「あれ、知らない？　同じ都内の学校から編入した理由について、いろいろと憶測《おくそく》が流れてるんだよね」

初耳だった。誰も郁海に対して直接それを言った者はいなかったし、真偽《しんぎ》のほどを確かめようともしなかったからだ。

「……どんな？」

「えーと……まず、前の学校で何かあって転校することになった……で、その何かにいろいろとバリエーションがあるわけ。それから大金持ちのご子息って説ね。これは前の学校のせいだろうけどさ」

学校がいわゆる坊《ぼっ》ちゃん校でも、通っている生徒がすべて令息というわけではない。普通《ふつう》の私立よりも多少は金がかかるものの、一人息子に金をかけたい普通の家庭から来ている生徒もたくさんいたのだ。

「で、逆に家が没落《ぼつらく》して前の金持ち学校にいられなくなったとかもあったかな。後は、保護者が父親じゃないとかもあった」

「え……？」

「やんごとないお人のご落胤《らくいん》説」

「はぁ……」

郁海は口の中で小さく「ご落胤て……」と呟《つぶや》いた。今どき、そんな単語が高校生の口から飛び出すとは思ってもいなかった。

他《ほか》にもいろいろあると言って、前島はいくつかの噂を教えてくれた。

ほとんどは根も葉もない話だったが、部分的に笑えないものもあった。たとえばご落胤説がそうだ。別に高貴な身分でも何でもないが、郁海はつい先日まで「隠《かく》し子《ご》」であったわけだから、まったく見当違いというわけでもなかった。それに父親が大金持ちというのは本当だ。郁海の実父は、業界四位の大手消費者金融《きんゆう》・ジョイフルの社長なのである。長者番付に載っているくらいだから、それはもう間違いなく金持ちだ。

郁海はふっと溜《た》め息《いき》をついた。

それを前島は、呆れている……と受け取ったようだった。

「何も言わないから、どんどん想像が膨らんじゃうんだぜ」

「……いろいろ、複雑なんだよ」

「まぁ、そうだろうけどさ」

あっさりと頷《うなず》いて、前島はそれきり何も言わなかった。

てっきり追及《ついきゅう》してくるかと構えていた郁海にとっては、ひどく意外な反応《はんのう》だった。

「で、今日の献立《こんだて》は？」

「あ……うん、スーパーに行って決める。そんなに手の込んだものは作らないし。ほとんど毎日のことだから」

「ふーん……もしかして、洗濯《せんたく》とかも？」

「そうだけど」

何の気なしに答えると、前島は大げさなくらいに感心して、しきりに偉い偉いと呟いた。

「自慢《じまん》じゃないけど、俺なんか何にもしないよ。帰ったらメシ出来てて、食い終わったら流しに入れてそれっきりで、洗濯物は籠《かご》にぽーんと入れとけば、畳《たた》んで戻《もど》ってきてるし……」

「部屋の掃除《そうじ》くらいは自分でするんだろ？」

「あー……あんまり」

苦笑いしながら言う前島に、郁海は心底驚《おどろ》いてしまった。

今までこういう話を誰《だれ》かとしたことはなかったから、誰でもそんなものだと思っていた。郁海は養父母の元にいたときから部屋の掃除は自分でしていたし、食事の手伝いも何かとやらされていた。洗濯もそうだ。おかげで中学一年で一人暮らしをするはめになったときも何とかなったのだ。

「俺の部屋、ちょっとヤバイんだよね。床《ゆか》、あんまり見えてないし。ベッドの下とかはもう何が突《つ》っ込んであるのか想像できないし。ときどき母親がキレて、掃除機担《かつ》いで乗り込んでくることもあるかな」

あはは、と声に出して前島は笑うが、郁海は笑えなかった。ほんの少し想像してみるだけでも、それはかなり嫌な光景だった。

郁海は自他共に認めるきれい好きなのだ。郁海よりは大ざっぱな恋人《こいびと》に、ときどきからかわれるくらいである。

「郁海んちは、きれいそうだよな」

「……え？」

今、さりげなく名前を呼ばなかっただろうか。

郁海はぴたりと足を止めて前島を見上げた。いきなり立ち止まった郁海たちを、下校する他の生徒たちが迷惑《めいわく》そうに、そして怪訝そうに見やっていく。

それに気がついて郁海は再び歩き始めた。

「い、今……名前で言った」

「うん。だめ？」

「……そんなに親しくないし」

嫌ではないが、気恥《きは》ずかしさが大きくてすんなりとうんとは言えなかった。認めたら明日からは、クラスメイトの前でもそう呼ばれるわけで、いつの間にそんなに親しくなったのだと驚く顔が見えるようだった。

気にしなくてもいいのに、そういう些細《ささい》なことが気になった。

「親しくなればいいじゃん。親友になってみない？」

「はぁ？」

「親しい、オトモダチ」

わざわざそんな言い方をしなくてもよさそうなものなのに、前島はにんまりと笑いながら少し屈《かが》んで郁海の顔を覗《のぞ》き込んできた。

「何……言ってんの。そんなの、なりましょうってなるものじゃないだろ？」

「じゃあ最初は普通にお友達から。って、なんか恋愛《れんあい》のおつきあいみたいだね。ま、確かに『なりましょう』って言って友達になったやつはいないなぁ……」

前島はうーんと唸《うな》ると、それからすぐに声を弾《はず》ませて言った。

「わかった。とりあえず遊びに行こう。クラスのやつらも誘《さそ》ってさ。試験終わって春休みになったら」

「遊ぶって……」

呆気《あっけ》にとられているうちに駅について、二人は揃って改札を抜《ぬ》けた。ホームに着くとすでに電車は入ってきており、開いたドアからさほど込まない車内へと乗り込んだ。

走り出した頃《ころ》に、前島は言った。

「何か郁海ってさ、進学校だからってすげぇ気張ってるじゃん。もっとこう、普通にしようよ。ちょっと授業が受験用ってだけじゃん」

有名大学への合格率という点でも十分に違《ちが》うと思うのだが、郁海はあえて口には出さなかった。言えば間違いなく今の倍以上の言葉で丸め込もうとするだろう。

こういう人間が他にもいると思った。

(加賀見さんとカテゴリーが一緒《いっしょ》かもしれない……)

タイプは違うし、似てもいないと思うが、郁海に対するスタンスに共通点を見いだしてしまった。もっとも郁海の反応を面白《おもしろ》がるのは他にもいるから、これはもしかすると自分が悪いのかもしれない。

認めたくはなかったけれど。

こっそりついた溜め息は、耳聡《ざと》い前島に拾われてしまった。

「やだ？」

「……余裕《よゆう》あったら」

「って、試験の結果次第《しだい》ってことか？」

察しがいいのも度が過ぎるのは考えものだ。皆《みな》まで言わなくていい代わりに、自分の考えが見透《みす》かされているような気分になる。

そう思いながら郁海は頷いた。

「ちゃんとついていけてるか、まだわかんないし」

編入試験には受かったが、果たして自分が今のこの学校でどの程度のところにいるのかは見えてこない。試験の結果があまりにも悪いようだったら、とてもじゃないが遊びになど行けなかった。それは時間的というよりも精神的なことだ。

「わかった。じゃ、どの程度だったら及第《きゅうだい》点？」

一学年は二百人ほどである。それを思いながら郁海は言った。

「百番以内……かな」

「なんだ。じゃ大丈夫《だいじょうぶ》じゃん？」

何を根拠《こんきょ》にしているのか、前島は極《きわ》めて軽い口調だった。あまりにも無責任で喜ぶ気にもなれない。

学年一位の前島は、一体どんな勉強をしているのだろうか。それには興味があったが、聞こうとは思わなかった。

ところが前島は予想外のことを言い出したのだ。

「一緒《いっしょ》に試験勉強する？」

「え？」

「うちに来れば？　母親のメシ、けっこう美味《うま》いよ。郁海んちも行ってみたいけど、余計な手間とか増やしそうだからなぁ……」

「ちょっ……」

「あ、別に今日じゃなくてさ。いきなりじゃ、親父《おやじ》さんのメシとかいろいろあるだろうし、土曜に泊《と》まりでもいいし」

「何で一人で暴走してんだよ……！　行くなんて言ってない！」

郁海は少し声を荒《あら》らげて前島の口を止めた。勝手に話を進められても困ってしまう。

だが相手はけろりとしたものだった。

「うん。だから、とりあえず帰りにどっか寄って二時間くらい勉強ってのでどう？　そしたら今日とそんなに帰り時間も変わんないし」

「え……あ、うん……」

それはただの相槌《あいづち》であって返事ではなかったのに、前島はその途端《とたん》にぱっと表情を崩《くず》して、小さく「やった」と呟《つぶや》いた。

「じゃ、明日からな」

「……え?」

「俺、今日はちょっとここで降りるからさ。また明日」

前島は開いたドアからさっと降りていってしまった。唖然《あぜん》としている郁海をそのままに、子供みたいに大きく手を振《ふ》りながら立ち去っていく。

「あ……」

明日の放課後に勉強するのは、もしかしてこれでもう決定事項《じこう》になってしまったのだろうか。問いただそうにも相手はもう離《はな》れていってしまっているし、目の前では容赦《ようしゃ》なくドアが閉められた。

(……どんくさい……)

自分のことを冷静にそう思った。今まではっきりとそう思ったことはなかったし、むしろテキパキとこなすほうだと自負していたのだが、今のはどう見たってとろくさい反応《はんのう》だった。

前島の姿はもう見えない。彼が本来降りるべき駅は、郁海が使っている駅よりも五つばかり遠くて、しかもそこから別の線に乗り換《か》えていくはずだった。尋《たず》ねもしないのに、べらべらと教えてくれたのだ。

郁海は溜《た》め息《いき》をついて、窓の外を見つめる。

結局あの後も普通《ふつう》に郁海のことを名前で呼んでいた。いちいち咎《とが》めることじゃないし、たぶんこの調子だと明日もそうだろうから、ここは諦《あきら》めたほうがよさそうだ。

「ま、いいか……」

呟きは電車の音にかき消されてすぐに消えていった。

駅近くのスーパーで買い物をして、帰るとすぐに着替《きが》えてキッチンに立った。

手際《てぎわ》よく作業を進めながら、頭ではずっと卒業アルバムのことを考えていた。

加賀見の年は三十二だと聞いている。だがそれは免許証《めんきょしょう》だとかを見て確認したものではないから、確かだとは言えない。こんなことで嘘《うそ》をついているとは思っていないが、あのくらいの年になると二つや三つの違《ちが》いなどなくなって、そのうちに本当に自分の年がとっさにわからないなんてこともあるのかもしれない。

「免許……見せてもらおう」

さり気なく話を持ち出せばいい。卒業アルバムのことを持ち出せば嫌《いや》な顔をするのは目に見えているから、それは伏《ふ》せておこうと思った。

高校生のときの写真はきっと、大人には恥《は》ずかしいのかもしれない。郁海だって幼稚園《ようちえん》の頃を見られるのは嫌だから、それは何となく理解できた。

郁海は三十分ほどで下ごしらえを済ませると、風呂《ふろ》の掃除《そうじ》をして、湯を張った。ボタン一つで放っておけばいいのはやはり楽だ。養父母と暮らしていた頃は、よく水をあふれさせていたものだった。

いつもは加賀見が帰ってくるまで机に向かって勉強するのだが、今日は放課後ずっと図書室にいたせいでその時間もない。脱衣所《だついじょ》から出てきたところで玄関《げんかん》ドアが開き、手に鍵《かぎ》と書類と紙袋《かみぶくろ》を持った加賀見が現れた。

過ぎるほどに整った顔は男らしく、涼《すず》しげで理知的な目がとても印象的だ。知的職業を思わせる一方で、どこか退廃《たいはい》的な雰囲気《ふんいき》も漂《ただよ》わせているのが、余計に彼にとっては魅力《みりょく》になっている。背もかなり高く、がっしりとした体格はスポーツ選手のようでもあった。

弁護士である加賀見は、いつも一度隣《となり》の部屋に帰ってから、着替えてこちらにやって来る。それは単にスーツを脱《ぬ》ぐためかと思っていた郁海だったが、先日そうではないことを知った。加賀見は自宅に帰ると窓という窓にカーテンをし、リビングに明かりを点《つ》けて来るのだ。さも自分が部屋にいるというように。

いつ誰《だれ》が見ているかわからないから、と説明された。普通ならばそんな必要はないはずなのに、彼はとても気を遣《つか》っている。それは彼がまともな弁護士とは言い難《がた》いことをしているせいだった。

そんなに危なくはないと言うが、だったら郁海のところで生活しているのをごまかす必要もないだろう。たぶん、危ないの基準が郁海とは違うのだ。

溜め息をつきたい気分を追い払《はら》って笑顔《えがお》を作った。今さら考えても仕方がないし、大丈夫だと信じてはいてもやはりときどき気になってしまうのだった。

「おかえりなさい」

「差し入れ、だそうだ」

加賀見は紙袋を差し出してきた。

「何ですか？」

「相原《あいはら》がお前に、って言ってたぞ。食べ物だろ。帰る直前まで冷凍庫《れいとう》に入っていた。相原が最近凝《こ》ってる、ネット通販《つうはん》のものだそうだ」

頭の中に相原の顔がぱっと浮《う》かんだ。優《やさ》しそうで穏《おだ》やかそうな、人に警戒心《けいかい》を与《あた》えない笑顔だ。だが見かけ通りではないらしいことはもうわかっている。相原という男も、郁海にとっては苦手な部類の人間なのだ。

手にした袋はひんやりとしていた。しかもかなり重い。

郁海はダイニングのテーブルの上で中身を広げた。それは冷凍のスープやピザやパスタソースであった。それも一見してそこいらで売っている安いものではない。種類も様々で、スープとパスタソースは六種類で二つずつ、ピザは五枚あった。

「なんか……すごい。わ、アサリとキャベツのトマトスープって美味《おい》しそうですね。あ、こっちのザワークラウトのスープって珍《めずら》しい！　フルーツトマトのソースって、レストランみたいですよね。このポルチーニのピザってのも……」

「もうすぐ試験だから、それで手抜《てぬ》きをしろってことだろうね」

「あ……」

そういう意味かと納得《なっとく》した。もともと相原はよく食べ物をくれる人だが、この手のものは初めてだった。

何だか急に気恥ずかしくなる。こんなふうに人から気を遣われるのは嬉《うれ》しい反面、どうにも落ち着かない。

「あの……後で、相原さんの電話番号教えてください。お礼言わないと」

「ああ、別にいいだろ。明日、私から言っておくよ」

「そういうわけにも……」

正直なところ、相原と電話で話すのは気が進まないが、人づてで礼を済ませてしまうことにも抵抗《ていこう》がある。

口ごもっていると、加賀見が笑った。

「相変わらず真面目《まじめ》だな」

「そんなんじゃないですけど……」

「まぁ、後で電話をする用事があるから、そのとき替《か》わろうか？」

「あ、はい。お願いします」

郁海はほっと息をつく。途中《とちゅう》で電話を替わってもらうほうが気も楽で、かつ郁海も納得のいく形だ。

差し入れは素直《すなお》に嬉しかった。これで人をからかう趣味《しゅみ》さえなければ、文句なくいい人なのに……とも思う。

それから郁海は冷凍庫に食料を収めようと、一度テーブルに出して並べたものを袋に入れた。キッチンに運ぼうとすると、加賀見がやって来て郁海の手から袋を取っていく。どうやら収納はやってくれるようだ。

郁海はコンロの前で食事の支度を始めた。後はタレに漬《つ》けておいた肉を焼いてレタスの上に盛ればいいだけだった。

「あ、そうだ。明日から、ちょっと帰りに学校の友達と試験勉強することにしたんです。もしかしたらちょっと遅《おそ》くなって、作れないかも……」

「ああ……いいんじゃないか」

加賀見は鷹揚《おうよう》に頷《うなず》いて、じっと郁海の顔を見つめながら笑みを浮かべた。それから郁海に近づくと、背中から抱《だ》きすくめるように手を回し、郁海の前で手を組んだ。

「あ、あの……」

「邪魔《じゃま》かな？」

「それはないですけど……」

フライパンを振《ふ》るような料理ではないし、それほど忙《いそが》しく手を動かすわけでもない。少し油が飛ぶというくらいの問題だった。

「進歩した……と言っていいだろうね。まぁ名目が勉強というあたりが君らしいとも言えるかな。遊びに行けるようになったらもっといいんだが」

「余裕《よゆう》ができたら行きます」

郁海は前島への答えと同じものを加賀見にも言った。

「春休みに？」

「そうですね……たぶん」

背中に加賀見の体温を感じながら郁海は答えた。包まれている心地《ここち》よさと、話に意識を取られているせいで、手元がおろそかになってしまっていた。

くすりと笑みが降ってきて、郁海は我に返った。慌《あわ》てて手を動かしていると、耳元で低い声が囁《ささや》いた。

「春休みは、私のためにも何日か開けてほしいんだが……?」

「はい」

「普段《ふだん》できないことをしようか」

耳のすぐそばでそう告げて、唇《くちびる》が耳朶《みみたぶ》を軽く噛《か》んだ。

びくんと震《ふる》えて、郁海は菜箸《さいばし》を落としてしまう。内側に直接触《ふ》れるような声に、ざわりと身体《からだ》の中が騒《さわ》いだ。

加賀見の言う「普段できないこと」が何かはわかっていた。

彼は普段、学校のことを憚《はばか》ってあまり身体を求めては来ない。その分、週末は遠慮《えんりょ》がないのだが、平日は求めたとしても回数を重ねることはまずないのだった。つまり、何も気にしないで抱き合おうという意味なのだ。

「とりあえず、試験明けの日は予約を入れたよ」

「っ……」

もう一度耳に歯を立てられて郁海が首を竦《すく》めていると、加賀見の手が伸《の》びてさり気なくコンロの火を落とした。

「焦《こ》げそうだ」

「か、加賀見さんがイタズラするからじゃないですか……っ」

火が通りすぎて肉が硬《かた》くなったのは間違《まちが》いないだろう。あまり美味《うま》くなくても、それは加賀

見のせいだ。

「そろそろ試験だから、禁欲しようかと思ってね」

服の上から身体に触れてくる手を、郁海は摑《つか》んで止めさせた。

「あの……言ってることとやってることが、ちょっと違う気がするんですけど」

「明日からしようかと」

言いたいことはわかっていた。確かに試験前期間も含《ふく》めると、けっこう長い禁欲生活になるだろうから、今日が最後というわけだ。

ぼんやりとして返事をしないでいると、加賀見の声が聞こえてきた。

「それとも今すぐここで押し倒《たお》そうか？」

「え、ええっ？」

「キッチンというのは初めてだね。ああ、それともダイニングテーブルのほうがいいかな」

楽しげな声に、思わず郁海は叫《さけ》んでいた。

「ベッドがいいです！」

「そう。じゃあ、後でね」

頰《ほお》にキスした加賀見が離《はな》れていってから、郁海ははっと息を飲む。

いいように遊ばれているように思えるのは被害妄想《ひがいもうそう》だろうか。加賀見がその気になれば、雰《ふん》囲気《いき》を作り出して郁海を陥落《かんらく》させることなど容易《たやす》いはずだから、たぶん今のは郁海の反応《はんのう》を楽しみたかっただけだ。

最初は加賀見のそういう部分にいちいち反発していたけれども、今はさほど気にならなくなっていた。思うところはあるものの、それは拗《す》ねているというのが一番近い感情であって、嫌《いや》な気分ではない。

郁海は皿に肉を盛りながら、ちらりとグラスを用意する加賀見を見やった。

嘘《うそ》を言って郁海を軟禁《なんきん》し、挙げ句に心より先に身体を手に入れた男を、こんなに好きになるとは思ってもいなかった。

人生ってわからないものだな……と、まだこの世に生まれて十七年にも満たない郁海はしみじみと考えていた。

2

おそらく郁海は抱かれた後の時間が好きなのだと思う。汗《あせ》が引き、官能によって生まれた熱が冷めていく身体を加賀見の腕《うで》に包まれる心地よさ。気《け》怠《だる》さも手伝って、微睡《まどろ》んでしまいそうになる。

囁く低い声も気持ちがいい。

郁海はうっすらと目を開けて、間近にある加賀見の顔を見つめた。まだ目が潤《うる》んでいて、すぐには視界がはっきりしなかった。

「きつかったか？」

「大丈夫《だいじょうぶ》」

明日の学校のことを気遣《きづか》ってくれていたのは郁海にもわかっていた。全身を包む倦怠感《けんたいかん》は、きっと眠《ねむ》れば問題ないほど薄《うす》らぐだろう。

シャワーを浴びてさっぱりしたい気持ちと、このまま加賀見の胸に顔を埋《う》めていたい気持ちとが同じくらいの強さで主張している。

「風呂《ふろ》に入るか？」

「……後でいいです」

結局は腕の中の心地よさの勝ちだった。

肩《かた》まですっぽりと羽布団《はねぶとん》で覆《おお》われるとますます眠気が襲《おそ》ってくる。意識をはっきり保つために郁海は何か喋《しゃべ》らなくてはと言葉を探した。

「春休みって、どこか行くんですか？」

「行きたければ」

「だってさっき、空けとけって……」

「別にずっと家にいてもいいんだよ。二人きりならね。ただ、ここだといかにも邪魔が入りそうだから、やはり移動したほうがいいかな」

具体的なことはまだ何も考えていない、と加賀見は言った。

「どうせだったら、旅行したいですけど」

「行きたいところは？」

「うーん……」

そう問われると郁海もまた具体的な地名が浮《う》かばないのだった。もっとも条件ならばいくつかある。

「車で行けるとこがいいです。あんまり人の多い観光地はパスしたいし……ええと、できれば人目の気にならないとこ」

「で、海？」

笑いながら言って加賀見は髪《かみ》に唇を寄せる。

海が好きなのは本当だ。正確に言うと、波の音を聞いているのが好きなのだ。山か海を選べと言われたら間違いなく後者だった。

「千葉以外で」

きっぱりと答えると加賀見は珍《めずら》しく声を立てて笑った。

千葉はついこの間、トラブルに巻き込まれた際に無理に連れて行かれた。だからといって嫌な思いをしたから除外したわけではない。結局、ことが解決したあとで加賀見と一緒《いっしょ》に何日もホテルにいたりしたので、何となく外しただけだった。

「考えておくよ。それで人目がどうのと言うのは、私といると周囲が気になるからかな？」

「だって……ホテルって清掃《せいそう》が入るじゃないですか」

まして旅館はホテルよりも宿の人間と接する機会が多い。郁海は自分が童顔で、実際よりも幼く見えることを自覚している。兄弟と言うには年が離れすぎ、親子と呼ぶには年が近すぎることも。

普通《ふつう》に買い物をしたり食事をしたりしている分にはいいが、一緒に泊《と》まったりして、援助交《えんじょ》際だなんて思われたら嫌だった。

加賀見はそんな気持ちを理解しているのか、宥《なだ》めるように頷《うなず》いて、そちらの件に関しても考《こう》慮《りょ》すると言ってくれた。

春休みが明けたら郁海は高校二年生だ。けれども、顔は中学生のときからあまり変化していないような気がするし、身長も今ひとつ伸び悩《なや》んでいる。今のクラスでも、前から四番目という身長なのだ。前に三人いるからといって、それは慰《なぐさ》めでも何でもなかった。

「加賀見さんは、実際より老《ふ》けてるし……」

「落ち着いている、と言ってほしいね」

楽しげに返してくる加賀見に、郁海の中でひらめくものがあった。図《はか》らずも年の話になったのは好都合だった。

「ほんとに三十二歳なんですか？」

「今さら恋人《こいびと》に年齢詐称《ねんれいさしょう》してどうする？」

「あとで免許証《めんきょしょう》見せてください」

「それは遠慮《えんりょ》したいな」

「何でですか」

郁海はムッと口を尖《とが》らせて加賀見を睨《にら》み付けた。

こういうのは今に始まったことではない。加賀見という男は自分のことをなかなか打ち明けてくれない。隠《かく》すつもりはないと言うのだが、たとえば仕事のことなどは本人ではなくその同僚《どうりょう》である相原から聞いたのだし、家族のことも似たようなものだった。卒業アルバムの謎《なぞ》に繋《つな》がる母校の件だってそうだった。

郁海が大いに不満を感じているのは十分にわかっているようで、加賀見は言い訳をするように慌《あわ》てて言った。

「他意はないよ。ただ免許の写真がちょっとね」

「変なんですか？」

「ああいう証明写真は、たいていよくないだろう？　まぁ、郁海くんの学生証の写真はとても可愛《かわい》らしいがね」

「あれはっ……」

思わず顔が赤くなる。学生証に貼《は》った写真は、自分でも見たくないできだった。実物よりも妙《みょう》に女の子っぽくなってしまったのである。

「僕の写真見て、加賀見さんの見せないのはずるいです」

「ずるいと言われても……まぁ、そうだな。あとで見せてあげるよ」

約束を取り付けて、郁海は内心やったとガッツポーズを取った。これで年齢は確定し、卒業年数だって限られる。

「でも、加賀見さんがそんなこと気にするなんてちょっと意外です」

「人相が悪いんだよ。普段《ふだん》よりね」

「別に普段は悪くないですよ？」

加賀見が見て柄《がら》が悪いと思う者はいないはずだし、物腰《ものごし》だって、柔《やわ》らかいとまではいかないまでも落ち着いていてスマートだ。

「知らなかったら、ちゃんとした弁護士って思えないこともないです」

さり気なく暴言を吐《は》いている自覚は郁海にはなかった。

加賀見本人が何度否定しようとも認識《にんしき》は変わらなかった。実際、裁判に関わったことはないというし、事務所は構えているが法律相談も受け付けていない。では主に何をやっているかと言えば、それは一言で表すと「他人の後始末」であった。

仕事の内容はあまり詳《くわ》しく知らない。けれども胡散臭《うさんくさ》いことは確かだ。怖《こわ》そうな連中とも繋がっていることも最近知った。

結論として郁海の中で加賀見は「悪徳弁護士」になってしまったのだ。それを口にするたびに加賀見は苦笑《くしょう》をしていたけれども。

「聞いていいですか？」

「うん？」

「どうして加賀見さんは弁護士になろうと思ったんですか？　最初っから、今みたいな仕事しようと思ってたんですか？」

「似たようなことをしてた知り合いがいてね、もう亡くなった人なんだが、私はそれを引き継《つ》いだようなものかな。君のお父さんの仕事はまた別としてね」

父親のことを持ち出され、郁海の思考はそこから深く入り込んでいった。

加賀見はジョイフル関係の仕事の他に、父親個人の依頼《いらい》も引き受けている。仕事はできるということだが、その分かなり女癖《おんなぐせ》が悪い田中弘《たなかひろし》という名の父親は、いともたやすく女性に手を付けておいて、その始末がつけられない情けない男だという。現に郁海は二度も父親の女性トラブルのとばっちりを受けた。加賀見はそんな父親の不始末を上手《うま》く処理して、トラブルに発展しないようにしているらしい。

あの父親を見ていると、郁海の中で「きちんと生きていかねば」という思いは強くなる。いわゆる反面教師というやつだった。

郁海の他に子供はいないが、父親は将来的にジョイフルと関われというようなことを一切口にしない。また郁海にもそのつもりはなかった。だからいい大学に入るため進学校へ移り、学力を上げようと思ったのだ。もっともまだ認知される前に心に決めたことだった。

「郁海？」

「あっ……ごめんなさい。えっと……何か、言いました？」

「考えごともいいが、私のことを忘れないでほしいな」

冗談《じょうだん》めかして諌《いさ》められ、郁海は素直に反省する。セックスをした直後に、相手の腕《うで》の中で一人で関係ないことを考えるのは失礼なのかもしれない。少なくとも加賀見はあまり歓迎《かんげい》していないようだった。

「何を考えていたんだ？」

「いろいろ……前は状況《じょうきょう》が不安定だったから、自分で選択肢《せんたくし》広げなきゃって、思ってたんですよね。でもいつのまにか、目的がよくわからなくなっちゃって……」

「ああ、認知する前のことか。まぁ確かにね。ただ今はもう大丈夫《だいじょうぶ》だろう？　田中氏はどうやら本当に君が可愛くて仕方ないらしい」

引き取ってからもたった一人の息子《むすこ》に興味を示さず、会おうともしなかったというのに、田中はどうやらいきなり父親という立場に目覚めたらしい。最初は物珍《ものめずら》しさもあっただろうが、今では本心から郁海と親子関係を築こうとしているのがわかる。中途半端《ちゅうとはんぱ》に養われ、いつそれが終わるかもしれなかった以前とは違《ちが》うのだ。

だから本当ならば、こんなに必死になることもないはずだった。だいたいいい大学に入ったところで、その先の保証があるわけではない。

「正直に、客観的な意見を言ってもいいか？」

「はぁ……」

「君はあまり大手企業《きぎょう》向きではないと思うんだが……」

ひどく言いにくそうに加賀見は言った。

「……何となくわかってました」

自覚はあった。能力的な問題ではなく、性格的にだ。特に競争社会の中では、生きていくのがつらそうな気がした。

「愛想がないから、サービス業は絶対無理だし……」

「まぁ、そうだね。何かやりたいことはないのか？　将来何とかになりたいとか、一つくらいはあるだろう？」

「なりたいものは、前はいろいろありました。でも、佐竹の両親が亡くなって、田中さんに引き取られてからは現実的なこと考えるようになっちゃって」

いわゆる将来の夢は忘れてしまっていた。この数年間、頭を掠《かす》めもしなかった。

「いいから言ってごらん」

「今さら恥《は》ずかしいです……っ。だってほんとに、いろいろ夢みたいなこと思ってて……」

「夢なんだからいいじゃないか。何だ？　プロ野球選手とか？」

「それは思ったことないですけど、レーサーになりたいなって思ったことはありましたよ。小学校の頃《ころ》だけど」

恥ずかしそうに打ち明けると、加賀見は微笑《ほほえ》ましげに目を細めて先を促《うなが》した。

「それから？」

「警察犬訓練士とか」

「意外なところにいったね」

「テレビで見たから。割とすぐ影響《えいきょう》されちゃうタイプだったんです。だから医者とか、陶芸家《とうげい》って思ったこともあって……何か、統一感ないですね。ゲームを作りたいなって思ったこともありました。これは中学入った頃に思ってたかな」

　養父母が亡くなる少し前まで考えていたうちの一つだった。

　しかしながら自分で言っていて改めて節操がないと思ってしまう。結局のところ、どれも「ちょっといいな」と思った程度だったのだ。

「ゲームというのも意外だな。やらないだろう？」

「前はやってたんです。こっちにきて、遊んでられないなって思ってやめちゃいましたけど」

　だが今の状況に落ち着いたからといって、再びやってみようとは思わなかった。それほど強く興味を抱《だ》いているわけではないのだ。実のところ、ゲームをするよりは、新しい料理のレシピを覚えるほうがいいとさえ思っている。そういうものは、他にもあった。

「ミステリーとかも読まなくなっちゃったなぁ……」

「好きだったのか？」

「はい。ミステリー作家になりたいと思ったりもしました。笑っちゃいますよね、一度も書いてみたことないのに、なれそうな気がしてたんです」

　これもゲームと同時期くらいだっただろうか。してみると、郁海の気軽な夢の中では、もっとも後期に属していたわけだ。

「それは知らなかったな。そっちには興味ないのかと思ってた」

「どうせ読むなら、試験に出そうなものがいいかなぁ……みたいな感じだったから。何か、つまんないやつですよね」

自分で言っていて溜《た》め息《いき》が出てしまった。娯楽《ごらく》を自分から遠ざけて、勝手にギスギスして、結果として融通《ゆうずう》の利《き》かない（と人から言われる）人間になりつつあるわけだ。真面目と言えば聞こえはいいが、郁海の場合は単に尖《とが》っているだけだった。

「そんなことはないよ。十分に面白い」

「面白いって……」

「それにまだ修正がきく年だと思うがね」

「……加賀見さんは僕の年のとき、将来の目標は決まってました？」

「まさか。まったくなかったな。おまけに君のようにいい大学へ行こうなんてことも考えてなかったよ」

郁海はふーんと鼻を鳴らしてそれを聞いていた。だったらいいか、と安心してしまう。現にこうして加賀見は弁護士として自分の足で立っている。たとえそれが誉《ほ》められた仕事ばかりではなくても、職業として成り立ってはいるわけだ。

「ゲームでも何でも、したいことをすればいい。もちろん小説家でもね。順当にいって、社会に出るまであと六年もあるんだよ」

「そう……ですよね」

「それまでに決まらなかったら、私のところで働いてくれないかな」

予想外のことを言われて郁海は目を丸くした。その選択肢はまったく頭の中になかったことだった。

黙《だま》り込んでいると、加賀見は冗談めかして言った。

「ぜひとも、お招きしたいんですが？」

思わずぷっと笑ってしまった。

「六年も待つんですか？」

「君のためにポストは空けておくよ」

どうせ今までだって誰《だれ》もいないことに不自由を感じていなかったくせに。そうは思ったが、口にはしなかった。

たぶん加賀見はこれでいて本気なのだ。

「考えておきます」

笑いながら答えて、郁海はそのまま加賀見の胸に顔を伏《ふ》せた。

3

試験最終日の科目は三つで、どれも郁海にとっては得意なものばかりだった。手応《てごた》え、と言うのだろうか。わからないところはあったが、八割は確実に正しい解答を書いた自信があったし、見直す時間もたっぷりあった。

昨日までのテストも少しずつ手に戻《もど》ってきて、そのほとんどが自己採点通りだった。

「どうだった？」

わざわざ聞きにきた前島は、もしかしたら郁海本人よりも試験の結果を気にしているかもしれない。自分のことはいつものように……とばかりに頓着《とんちゃく》していないのだ。それが嫌味《いやみ》にならないのは彼の人となりというやつだろう。

「割といいかも」

「ちょっと合わせてみる？」

前島が郁海の横に膝《ひざ》をつき、終わったばかりの問題の答えを紙に書き出すと、わらわらとクラスメイトたちが寄ってきて周囲に人垣《ひとがき》を作った。前島の答えは絶対、というような認識ができあがっているから、彼と同じか否かで皆《みな》は一喜《いっき》一憂《いちゆう》している。

淀《よど》みなく動く手元を見つめて、郁海はほっと息をついた。とりあえず、自信を持って書いたところはすべて前島と一緒《いっしょ》だった。

「どう？」

顔を上げた前島に大きく頷《うなず》く。

「すばらしい」

前島はペンを置いて、パチパチと小さく拍手《はくしゅ》する。いつの間にか前島の書いていた紙は誰かの手に持って行かれてしまって、それを何人かで覗《のぞ》き込んでそれぞれに騒《さわ》ぐという図式が出来上がっていた。

「もちろん全部じゃないよ」

「どのくらい？」

「七十パーセントくらいかなぁ……」

少し控《ひか》え目《め》に言うと、まるでそれを見透《みす》かしたような顔をして前島は口の端《はし》を上げた。周囲に人がいなかったら、すぐに指摘《してき》したことだろうが、生憎《あいにく》と彼はそういうことをする人間ではなかった。

代わりに十分、爆弾《ばくだん》発言をした。

「俺と毎日お勉強したかいはあったな」

反応《はんのう》したのは周囲だった。

「何それ！」

「マジかよっ？」

噛《か》みつかんばかりの勢いで追及《ついきゅう》は前島に襲《おそ》いかかった。郁海に対してそれがないのは、まだ馴染《なじ》んでいないクラスメイトの遠慮《えんりょ》なのだろうと郁海は思った。

「聞いてねーぞ」

「だって別に、いちいち報告しなくても」

「最近ずっと一緒に帰ってたと思ったらそういうことかよ」

「そうそう、俺ら仲いいの。ね？」

いきなり前島が同意を求めると、皆の視線がいっせいに郁海に向かって、思わず顔が引きつってしまう。

仲がいい、と言い切れるほど親しいのだろうかと疑問が浮《う》かぶ。

確かにここのところずっと放課後は一緒に勉強していた。それだけ話す機会も増えて、見えていなかった前島のいいところをいくつも発見した。勉強を始める前と比べれば打ち解けたと言えるだろう。が、仲がいいというのは少し違《ちが》う気がした。

「どうだろ……」

「あっ、ひどい！」

前島は情けない声を出し、クラスメイトたちは楽しげに笑い出した。その笑い声をかき散らすようにして担任が登場した。

短いホームルームはすぐに終わった。言われたのは大掃除《おおそうじ》と終業式に関すること、それと選《せん》択《たく》授業に関するガイダンスについてだった。

解散になると、郁海はすぐに教室を出ていく。ぼやぼやしていてさっきの続きになるのは嫌《いや》だったし、図書室で調べたいものがあったからだ。

もちろん卒業アルバムだった。ずっと気にはなっていたのだが、さすがに試験前だということで今日まで持ち越《こ》していたのである。

見せてもらった免許証《めんきょしょう》に記載《きさい》されていた生年月日から、卒業年度は割り出した。念のために翌年と翌々年のも引っ張り出した。そうして気合いを入れて、アルバムをしっかりとチェックしていったのだ。

捲《めく》っていくうちに郁海の表情は曇《くも》ってきた。やはり見落としではない。加賀見という姓《せい》も、英志という名前もまったくなかった。

「まーた見てんの？」

向かいの椅子《いす》を引いて前島が座った。二度目ともなると、さすがに最初のときよりも興味深げで、好奇心《こうきしん》が剝《む》き出しだった。勝手にアルバムの表紙を捲り上げて、表紙に印刷されている卒業年度を見る始末だ。

郁海はおれおれと嘆息《たんそく》する。

「こないだから何してんの。けっこう前のだよね。えーと……十四年前っていうと……三十二歳くらいか」

「あ……うん」

「何でそんな険しい顔してんの」

「……ここの生徒だったのに、卒業アルバムに載《の》ってないってどういうことかな？」

「途中《とちゅう》でやめたんじゃない？」

あっさりと前島は言い放った。シンプルにして、そしてまったく正しい答えだった。卒業アルバムに載っていないのは、卒業しなかったから。あんまり単純な答えすぎて、かえって浮かんでこなかったのだ。

「そっか。転校したのかも」

「それもあるけど、何かあって退学したとか」

「退学……」

思わず郁海が目を瞠《みは》ると、前島は笑いながら何度も頷いた。

「郁海の頭には退学の文字ってのがないんだな」

「……そんなこと……ないけどさ……」

しかしながらまったく考えていなかったのは確かである。入学してきた者は、当たり前のように卒業していくものだと思っていた。たとえ学校が途中で変わったとしても、別の学校を出ていくものだと。

それが郁海を取り巻く環境《かんきょう》においては当然だったのだ。

たとえば学校は毎日きちんと行くのが当たり前で、病気や忌引《きび》きといった仕方のない事情以外で行かなかったり、途中で帰ってしまうなんてことはありえなかった。小学校のときも中学も、そして去年までいた学校も、教室に生徒がほぼ全員いるのは当たり前だった。いない場合は、間違《まちが》いなく保護者からの連絡《れんらく》が事前に入っていた。

けれどすべての人がそうではない。ちょっと考えてみれば当然のことだ。

「名前は知ってんだろ?」

「うん……」

「何ての? 十四年くらい前だったら、当時もいた先生もいっぱいいるし……あ、確か体育の佐野《さの》っち、三十二くらいじゃなかったっけ。OBだから、もしかしたら覚えてるかもしんないよ」

前島は淀みなくそう言って、郁海の答えを待った。

その手があったかと、またも目からうろこが落ちるような気分で彼を見つめた。私立の学校だから教師は長く勤めている者が多い。中にはもう非常勤という形になって、四十年もここにいるという教師までいた。OBもかなり多いと言う。確かに加賀見のことを記憶《きおく》している者も一人くらいいそうだった。

「加賀見英志っていうんだけど」

「おっけー、加賀見さんね」

前島はてきぱきとアルバムを片づけて、何も言わずに一人で棚《たな》に戻《もど》しにいってしまった。それから戻ってくると、郁海を誘《さそ》って職員室に向かった。

「そういえば……前島は何してたの？」

「郁海を追いかけてきたの。遊びに行く約束したじゃん？　成績、かなりいいとこいったみたいだし。これは早めに約束とりつけるしかないなって」

「まだちゃんと順位出てないよ」

「絶対大丈夫《だいじょうぶ》だって。たぶん、七十位前後だよ。前半ちょっとミスしちゃってたけど、後半はよかったじゃん？」

すべての教科で答え合わせをしたから、前島は郁海のおおよその点数を把握《はあく》しているのだ。恥《は》ずかしいような気もしたが、相手は学年トップの秀才《しゅうさい》だし、見栄《みえ》を張ったところで仕方がないと開き直ったのだった。

職員室に着くと、前島は改まった様子もなくドアをノックした。

「失礼しまーす」

試験明けとあって、生徒の出入りはよくあるようだった。もちろん試験の一週間前からついさっきまでは生徒の立ち入りが禁止されていた場所だ。

目当ての教師は、すぐに見つかった。

「ちょっと聞きたいことあるんですけど、いいっすか」

「何だ？」

体育教師の佐野は、前島と郁海の顔を交互《こうご》に見て、怪訝《けげん》そうな顔をした。体育教師である彼が生徒から質問を受けることなどあまりないせいだろう。

「先生、確か三十二とか言ってましたよね」

「あ？ 何だよいきなり……」

「いや、先生がここの生徒だったときのこと聞きたくてきたんすよ。同じ学年に、加賀見って人いました？」

「カガミ……？」

佐野は眉根《まゆね》を寄せて、その名前を呟《つぶや》いた。だがすぐに記憶には結びつかなかったようで、むしろ質問の意図を知りたそうにこちらの顔をまた交互に見つめた。

「あの……加賀見英志って人なんです。こういう字を書く……」

郁海は初めて口を開いて、佐野の机の上に指で加賀見の名前を書いた。

瞬間《しゅんかん》、この体育教師の目が大きく見開かれた。

「加賀見……！」

それからぱっと郁海を見て言う。

「いた、いた……！ 加賀見……そうだ、確かそういう名前だった。一年のときに同じクラスで……あいつ、確か夏休み前にやめちまったんだ」

ほうけたように呟いて、それから再び彼は訝《いぶか》るような顔で郁海を見つめた。

郁海が編入生であることは彼も承知しているのだ。それが急に十数年前に退学したクラスメイトの名前を持ち出したのだから、不思議に思うのは当然だ。

加賀見との関係を問われたときにどう答えるべきか、郁海はまったく決めていなかった。

「えっと……父の、知り合いっていうか……仕事の付き合いがある人で……」

「何、やってるんだ？」

「弁護士さんです」

「へぇ……」

心底感心した様子で佐野は頷《うなず》いた。

黙《だま》って成り行きを見守っていた前島が、佐野とはまったく別の意味で感心して言った。

「よく覚えてましたね。一年の夏っていったらほとんど十七年近いじゃないですか。ちょっとしか一緒《いっしょ》じゃなかったクラスメイトのことなんて普通《ふつう》忘れそうですけど」

「インパクトあるやつだったんだよ」

「どんな？」

前島も興味があるのか、上手《うま》く水を向けて佐野から話を聞き出そうとしてくれている。郁海にとってはとても都合がよかった。こういう芸当は真似《まね》できないからだ。

「お前と一緒だよ。あいつ、首席入学でな。頭だけじゃなくて、スポーツもできて……まぁ、俺が覚えてるのもそれが大きいんだよ。俺が一方的に張り合ってたからな。それなりに自信あったもんだからさ」

「だって先生、国体選手じゃないですか」

前島の言葉に、佐野はまぁな……と頷いた。

その話はちらりと郁海も聞いたことがある。大学に進んでからの話ではあるのだが、佐野は斉成の歴史の中でただ一人、スポーツで全国区になった人間だった。そもそも進学校なのだから、スポーツのほうで力を出す者が出てこないのも無理はない。そういう者はたいていスポーツが盛んな学校へ行くものだ。

とにかくその佐野が気にしていたというのだから、加賀見も飛び抜《ぬ》けて身体能力が高かったのだろう。

「涼《すず》しい顔して、何でも上手いってやつだったよ。むかついたねぇ……。一年のくせに、やけに大人びてたっていうか……どう考えたって二十歳過ぎにしか見えなかったぞ。おまけに冗《じょう》談《だん》みたいに男前でな」

「ふーん……」

前島の視線がちらりと郁海に向けられたが、佐野の話に意識を集中していたせいで、気づくこともなかった。

佐野は郁海を見て言った。

「やっぱりあれか、今も男前か」

「あ、はい」

「そうかそうか。ずいぶんすかしたヤローだったからなぁ……。しかし弁護士ねぇ。イマイチ想像できないな」

「その人、何で学校やめたんですか？」

前島が何気なくそう口にすると、佐野は明らかに動揺《どうよう》をその目に載《の》せた後で、素っ気なく「知らん」と呟いた。

嘘《うそ》だということくらい郁海も前島もわかっていたが、ここで追及《ついきゅう》したところで無駄《むだ》だということも承知していた。

「まぁ、あれだ。加賀見に会うことでもあったら、よろしく伝えてくれや」

「あ、はい」

「何かあったら、昔のよしみでよろしくお願いしますってな」

「先生、何かって何ですか。離婚《りこん》でもすんですか？」

前島がにやにや笑いながら言ったのは、彼が昨秋に結婚《けっこん》したばかりの新婚だからだ。佐野はムッと口を尖《とが》らせて、うちは円満家庭だと言った。生徒にからかわれている佐野も可愛《かわい》いものだが、教師をからかう前島も大したものだ。

郁海には絶対にできないことだった。

「あ、あの、ありがとうございました。突然《とつぜん》、変なこと伺《うかが》ってすみません」

郁海がぺこりと頭を下げると、佐野は目を丸くしてそれからすぐに表情を崩《くず》した。

「うんうん、いいねぇ。教師として、ちゃんと敬われてるって感じがするな。ひじょーに気分がよろしいぞ」

「俺だって敬う気持ちはありますよ。一応」

「一応か。だいたいお前はちっとも態度に表れてないんだよ。でかい図体《ずうたい》しやがって……まったく、そういうとこもあいつと一緒だ」

「身体がでかいのは家系ですよ。文句は両親に言ってください」

「ああ言えばこう言うし……」

佐野は大げさな溜《た》め息《いき》をついて郁海に目をやった。

「こいつから変な影響《えいきょう》を受けるんじゃないぞ。勉強以外教わるなよ」

「ひどいなぁ、傷つきやすい思春期の生徒に向かって……」

前島はぶつぶつと何やら嘆《なげ》くようなことを口にしているが、そこには真実味のかけらもなかった。まったく気にしていないのは一目瞭然《いちもくりょうぜん》だ。もっともそうでなければ、佐野だってあんなことは言わなかっただろう。そして口振《くちぶ》りとは裏腹に、フレンドリーな前島の態度を楽しんでいるようだった。

「それじゃ僕、失礼します」

もう一度頭を下げて職員室を出ていくと、前島はすぐに同じように退室してきた。もともと郁海の用事できたのだからそれも当然だ。

「……ありがとう」

「いや、俺も面白かったし。なかなか興味深い人だよな」

廊下《ろうか》を歩きながら前島は天井《てんじょう》を眺《なが》めた。郁海と違《ちが》って加賀見の姿を見たことはないわけだから、具体的な姿を思い浮《う》かべることは無理なのだ。

特に用事もないので、そのまま下校することにした。

「退学の理由、知ってんの？」

「知らない」

「佐野っちは知ってたみたいだよな。隠《かく》すってことは、学校的になかったことにしたい話だったってことかもね。放校って口調じゃなかったから、自主退学かな」

一体何があったものか、郁海にはまったく想像できないが、佐野の態度を見ているとただの転校とは思えない。

これは完全に加賀見のプライバシーに関することで、しかも十数年前の話だ。郁海には関係ない。このまま知らなくても郁海との関係にはまったく影響はないはずだ。

だが気になって仕方がなかった。

「……聞いてみようかな」

それで加賀見が言いたくなさそうだったら、二度と聞くのはやめようと心に決める。小さく頷いていると、横から前島が声をかけてきた。

「郁海ってさ、いつ見ても肩《かた》に力が入ってるよな」

「え……？」

「尖ってるっていうか、焦《あせ》ってるっていうか……。でも妙《みょう》に必死だから、嫌《いや》な感じはないんだけど」

いつも加賀見に言われていることだった。だが田中に引き取られてから郁海の中に根付いた考え方だとか習慣は、なかなか消え去ってはくれないのだ。

思わず溜め息が出た。

「もうちょっと自分からいろいろ話せば、変な噂《うわさ》もなくなると思うよ」

「うん……」

「というわけで、こないだ約束した通り遊びに行こうぜ。みんなで映画って言ってたんだ。いろいろやってるじゃん」

実際に、春休みということで各社が力を入れて作品を送り出している。洋画も邦画《ほうが》もアニメ作品も、選び放題と言えた。

「前島は何、見たい？」

「んー、俺はねぇ……」

特別な反応を示すわけでもなく、前島はいくつか映画のタイトルを挙げた。

本当に行くのかと問い返されなくて郁海はほっとしていた。今みたいにさらりと受け答えてもらったほうが気は楽だ。

前島は思っていたよりもずっと空気の読めるやつなのかもしれなかった。

「映画って昼ぐらいから？」

「うーん、午前中に見て、そのあとランチして……ってやつかなぁ」

「何でもいいよ。前島が言ったやつ、どれも面白《おもしろ》そうだし」

「んじゃ全部見る？　朝からハシゴすれば、いけるよ」

冗談めかして笑い、前島は声をかけてきた友達に軽く手を振《ふ》った。三学期だけの短い付き合いでも、彼が人気者であることはよくわかった。成績はトップでスポーツも万能なのに、驕《おご》ったところがなくて、羽目を外すのも率先してやる。それでいて人望もあった。間違《まちが》いなくクラスの中心人物だ。

「多数決にすれば？」

「ん？」

「どれ見るかって話。何人来んの？」

「あと二、三人てとこかな。じゃあ聞いとくよ。ちなみに郁海は？」

「う－ん……」

少し考えてから郁海は話題のファンタジー作品を挙げた。

「わかった。また詳《くわ》しいこと決まったら連絡《れんらく》するわ。待ち合わせの場所とか時間とかさ」

「うん」

友達と出かけるなんて、何年ぶりだろうか。田中に引き取られて東京に出てきてからは一度もなくて、期待と不安でどきどきしてきてしまう。それでもやはり、一番大きいのは「楽しみ」だという気持ちだ。

この学校を選んでよかったのかもしれない。

少しずつ、郁海はそう思えるようになってきていた。

4

前島と昼を食べて、少し話し込んで帰ってきたときには、もう三時を回っていた。

手にはスーパーで買った食材が入っている。今日からビーフシチューを煮《に》込んで、明日の夕食にしようと思ったのだ。

相原の気遣《きづか》いを受け取って、試験期間中は本当に手抜《てぬ》きをさせてもらったので、その分も時間のかかるものを作ろうと思っていた。そう多くない郁海のレパートリーの中では、ビーフシチューはとびきり時間のかかるものだった。

いつものように誰《だれ》もいない部屋に帰ると、まだ着替《きが》えもしないうちに玄関《げんかん》の扉《とびら》がまた開いた。ぎくりとして隙間《すきま》からそっと玄関を見て、郁海は力が抜けそうになった。

「何やってんですか……！」

まだ帰るはずのない加賀見がそこにいた。

「ちょっと受け取ってくれ」

「はい？」

見ると彼の手にはなぜか両手鍋《なべ》があった。見覚えのあるその形は、間違いなく郁海のキッチンにあったものだ。

「……何ですか……？」

「説明は後だ。うるさいのが呼んでるからね」

加賀見はタタキに鍋を置くと、ドアが閉じないようにストッパーを挟《はさ》んで姿を消した。あっけに取られてしまった郁海だったが、まだ熱そうな鍋を床《ゆか》に放置しておくわけにもいかなくて、それを手にしてキッチンへいった。

気になって蓋《ふた》を開けてみた。

蒸気と一緒《いっしょ》にふわりといい匂《にお》いが立ち上がる。おでんだ。まだ具の玉子に色が染みておらず、煮始めたばかりらしいとわかった。

蓋をして、とりあえず弱火にかけていると、加賀見が今度は両手にそれぞれ大皿を持って現れた。丸い皿には中華風《ちゅうかふう》の春雨《はるさめ》とキュウリのサラダ、四角いグリーンのほうはカツオのタタキだった。両方ともラップがかけてあった。

「一体どうしたんですか？」

「相原が急に張り切りだしてね」

加賀見はキッチンのカウンターに皿を二つ置き、郁海はすぐさまそれらを冷蔵庫にしまった。これは夕食用なのだから、まだ出番には早すぎる。

「そういうことですか。びっくりした」

冷蔵庫のドアを閉めたところで、当の相原がやはり手に平皿を持ってやって来た。どうやらシュウマイを作っていたようだ。あとは蒸《ふ》かせばいい段階である。

「おかえり」

「こんにちは。どうしたんですか？」

「初鰹《はつがつお》を送ってもらったんだよ。だから、お裾分《すそわ》け……と思ったら、郁海くんが今日で試験終わるって言うから、お疲《つか》れさまの食事でもと思って」

「で、人の家に押しかけてきたわけだ」

「たまにはいいじゃないか。そろそろこういうのが食べたくなってきた頃《ころ》だろ？」

「はい」

郁海は素直に頷《うなず》いた。ここのところ、ピザやパスタやデリバリーといった食事が続いていたから、本当に有り難いと思った。

「あ、そうだ。この間はありがとうございました。試験の間、助かりました。美味《おい》しかったです。特にスープは、はまっちゃいました」

「またあげるね。本当はもっと種類があるんだよ。あ、そうだ。ごめんね、勝手に鍋とか皿、使っちゃった。加賀見のとこにはろくなものなくてねぇ」

相原はキッチンに入ってきて、皿を置くと大きな溜《た》め息《いき》をついた。視線は、リビングのソファでくつろぐ加賀見に向けられていた。

「だいたい、レンジに埃《ほこり》がつもってたよ。冷蔵庫の中身は空っぽだし」

「ああ……あっちは使ってないですから」

加賀見は本当に着替えに帰るだけで、空き家同然の部屋なのだ。もったいないという以外に言うことはなかった。

「相原さん、料理得意なんですか？」

「得意ってほどじゃないよ。簡単なものばっかじゃない。鰹は切って並べただけだしね。あ、あとで味みてね」

「はい。あの、それで今日は仕事は……？」

「加賀見は仕事が早く片づいて、僕のほうは人と会う約束がキャンセルになったんだよ。それで、この先の予定もないしってことでね」

このあたりは互《たが》いに個人事務所を構えている強みだろう。同僚《どうりょう》とは言っても、彼らは別々の事務所で別々の仕事をしている。相原は税理事務所をやっており、加賀見の事務所とは中で繋《つな》がっているのだ。

「郁海くんの顔も見たかったし。あ、冷蔵庫にキッシュ入ってるから、明日の朝ご飯にでもしてね」

「ありがとうございます。いつもすみません」

「いいの、いいの。僕ね、人に食べ物あげるの好きなんだよね。自分が美味《うま》いって思ったもの、食べさせせんの」

「そうなんですか？」

「うん。だって、誰かと『あれ美味いよね』って言うには、相手にも味知ってもらわないとだめじゃない？　一人で美味いもの食べてもつまらないし」

なるほど、と思わず納得《なっとく》してしまった。

感心しながら郁海はコーヒーの用意をする。夕食の準備はほとんど出来ているようで、現に相原はキッチンにいるものの手を動かそうという様子もない。

用意してもらってカップにコーヒーをそそぐと、何も言わずに相原はそれを運んだ。お坊《ぼっ》ちゃんぽいのだが、よく気がついて動く男だった。

しかし予定が少し狂《くる》ってしまった。加賀見が帰ってきたら、食事の後にでもすぐに退学のことを聞こうとしていたのだ。この分だと相原が帰ってからになりそうである。

（でも……）

加賀見の横に座りながら思い直した。いっそここで言ってしまったほうが、はぐらかされずに済むかもしれない。何しろ同席しているのは相原だ。加賀見が困っているのを歓迎《かんげい》しこそすれ、助けることはないだろう。

心は決まった。夕食のあとと言わず、今ここで尋《たず》ねてしまおう。

「あの、加賀見さん」

語調も強く呼びかければ、何ごとかと言わんばかりの顔が郁海に向けられた。いつもと違《ちが》う雰囲気《ふんいき》を察して、さっそく相原は目を輝《かがや》かせていた。

「佐野先生が、加賀見さんによろしくって言ってました」

道すがら考えていた通りの言葉を口にした。

直接的な言葉より、少し捻《ひね》ったほうが効果があるんじゃないかと思ったのだ。ただし佐野という生徒の名前を加賀見が覚えている保証はないけれど。

「……佐野……っていうのは、私の同級生だったやつかな？」

認めた。まだ退学したと言ったわけではないが、佐野が同級生だと思い出した時点で、加賀見は郁海が何を聞いたのか察したことだろう。頭の回転はすこぶるいい男だ。その結論に辿《たど》り着くのは一瞬《いっしゅん》だったに違いない。

郁海が大きく頷くと、仕方なさそうに加賀見は嘆息《たんそく》した。

「まぁ、いつか何か聞いてくるだろうとは思っていたがね。思ったより早かったな。君がわざわざ人に聞きにいったのは予想外だった」

「何となく……成り行きで」

「例のクラス委員が噛《か》んでるか？」

「……はい」

まったく加賀見という男はカンもいい。あるいは郁海の性格と、最近の付き合いから、そう推測しただけかもしれなかった。

「なるほどね。それで、佐野は何て?」

「一年生の夏休み前に退学したって。理由は教えてくれませんでした。知らないって言ってたけど、あれは知ってて隠《かく》してる態度でした」

確信を持って言い切った。一人だったなら気のせいだと思ったかもしれないが、前島もそう言ったのだ。

少し黙《だま》って、加賀見は言った。

「佐野は……確か、スポーツが得意だったやつだろう? 体育教師かな?」

「そうですけど……」

話を逸《そ》らそうとしているのではないかと疑って、郁海は警戒《けいかい》を露《あら》わにした。いざとなったら相原とタッグを組もうとまで思った。

しかし加賀見は次の瞬間《しゅんかん》にあっさりと言ったのだ。

「実は当時、夜のバイトをしていてね。それがバレたわけだ」

「はい……?」

「そこまでなら、当時の生徒は噂《うわさ》として知ってる。佐野は教師になってから、当時の真相を教えられたんじゃないかな」

「真相って……あの、そもそも夜のバイトって?」

ぐるぐると怪《あや》しげな単語が頭の中を巡《めぐ》っている。何だか心拍数《しんぱくすう》も上がってしまったらしくて、ひどく落ち着かなかった。

「普通《ふつう》にバーテン。年をごまかしてね」

「それ……っ、普通なんですかっ?」

高校一年の夏前と言ったら、今の郁海よりも若いのだ。

二十歳過ぎにしか見えなかったと佐野も言っていたし、郁海とはおそらく根本的なところで違《ちが》うのだろうけど、とても理解が追いつかなかった。

思わず相原を見てしまった。

普通なのかと、縋《すが》るように問いかけてしまった。

「まぁ……あまり普通とは言いがたいような気が……」

「そうですよね?」

「でも加賀見だからね。ま、とにかく先を聞いたらどうかな?」

促《うなが》されてようやく郁海はそもそもの目的を思い出した。

「それで真相って……」

「客が、ちょっとガラの悪いのに絡《から》まれてね。それを仲裁しようとして、うっかり相手に全治三週間のケガを……」

救急車が来て、警察が来て、ちょっとした騒《さわ》ぎになったのだという。当然学校側にも話は回ってしまった。幸いにして正当防衛が認められたのだが、高校一年だということはバレてしまったわけだった。

加賀見は当時、斉成で学年トップだった。それが夜のバーで、正当防衛とはいえ客にケガをさせたという衝撃《しょうげき》は大きかった。

「学校側としてもなかったことにはできない。が、体面があるからね。仮にも新入生代表だったわけだし」

「それで、自主退学を？」

「してくれ、と言われたわけだ」

「それからどうしたんですか？」

「大検を受けて、その後は普通に……」

つまり高校へはもういかなかったのだ。そして加賀見の言う普通が本当に普通かどうかは疑わしいが、とにかく郁海も知っている大学を出て、現在に至っているわけだった。

「大学入るまでは何してたんですか？」

「絡まれてた客というのが、弁護士でね。事件を起こしたときもいろいろとよくしてくれたんだ。で、その人の事務所にいた」

「あ……引き継《つ》いだって、そういうことですか？」

以前話してもらったことと今の話が、郁海の頭の中でかちりと音を立てて符合《ふごう》した。加賀見は肯定《こうてい》を示して顎《あご》を引いている。

するといきなり、ずっと黙っていた相原が口を挟《はさ》んできた。

「確かその人は、整理屋みたいなことやってたんだよね。ヤッちゃんと繋《つな》がってたりして」

「余計なことを言うな」

諫《いさ》めるような加賀見の視線にも、相原は一向に臆《おく》さなかった。事実を言ってどこが悪いと言わんばかりだった。

「だいたい、お前の知り合いでもあっただろう」

「まぁねぇ」

「そうなんですかっ？」

郁海は勢いよく相原に顔を向けた。

「うん。正確に言うと、うちの父のね。会社の顧問《こもん》弁護士やってもらっていたんだ。その会社のほうはもう人に譲《ゆず》っちゃったから僕とは無関係なんだけど。で、年が同じだから何となく話すようになって……」

裏返しのカードを捲《めく》るように、一つずつ新しいことが知らされる。だがまだわからないことはあった。

「どうして加賀見さんはそんなバイトしてたんですか？」

「グレてたんだよね」

相原が代わりに答えた。

「はい？」

「非行の一種と思えばいいよ。家出してたようなものだし。学校やめてからなんて、相当しばらく事務所に寝泊《ねと》まりしてたもんね」

「まぁ……家にいなかったのは確かだが……」

加賀見は苦笑を浮《う》かべるだけで否定はしなかった。

「グレてたんですか？　加賀見さんが……？」

とても想像できなかった。確かに今でも真面目とは言い難い人物ではあるが、郁海が抱《だ》く非行少年のイメージとはまるで結びつかない。そもそも加賀見の十代というの自体、郁海には思い浮かばないのだった。

思わずじっと、端整《たんせい》な顔を見つめてしまった。

「いや、グレていたわけではないと思うんだが」

「それで悪徳弁護士になっちゃったんですか？」

「だから別に悪徳でもないんだが……」

加賀見は難しいことを考えるように眉間《みけん》に皺《しわ》を寄せた。だが完全に加賀見のことを「グレた挙げ句に悪徳弁護士になった」と認識してしまった郁海に、それを正す努力はしなかった。

仕方なさそうに彼は笑った。

「まぁ、呆《あき》れるような十代だったのは確かだ。だから黙ってたんだが……」

加賀見にとってはあまり振《ふ》り返りたくない、そして郁海には隠しておきたかった過去なのだ。確かにそれは納得できた。

「誉《ほ》められたもんじゃなかったもんねぇ」

「相原」

「こんな男がよくたった一人に収まったものだと思うよ。偉《えら》いよ。知ったときは、何の冗談《じょうだん》かと思ったね」

相原の視線はまっすぐ郁海に向けられている。言わずもがな、たった一人というのは郁海のことだった。

「十代の頃《ころ》からずっと年上の女だったよね。最近は二十代後半なんかもいたみたいだけど……それがいきなり、高校生に走ったんだから、いやぁ驚《おどろ》いたの何の……」

「おいっ」

余計なことを言うなとばかり加賀見は凄《すご》んだ。効き目があるとは思っていまいが、黙っていることもできなかったのだろう。

郁海は唖然《あぜん》として黙っていた。

加賀見の舌打ちが聞こえた。

「今のは完全に余計だ」

「それくらい言っておいたほうがいいって。郁海くんだって、まさか君が今まで身綺麗《みぎれい》だったたなんて思ってやしないさ。そうやって何でもかんでも情報をシャットアウトするのもどうかと思うよ」

「何もかも言えばいいってものでもないがね」

意見は真っ向から対立している。だが険悪な雰囲気《ふんいき》ではなかった。おそらく加賀見も、いずれはどこからかわかってしまうことだと、納得したのかもしれない。

視線を外して、相原は郁海ににっこりと笑いかけた。

「つまりね、言いたかったのは、今はそれだけ君にベタ惚《ぼ》れだってことなんだ。ほんとに、見てて恥《は》ずかしいくらいだよ、この男」

意地悪で言ったわけではなかったのだと相原は重ねて言った。

「郁海くんをいじめるつもりはないんだ。からかいたくはあるけどね。こいつに嫌《いや》がらせをしたいだけ」

「なんだと？」

「遊びと本命のタイプ違《ちが》いすぎ。ま、お手軽に遊べる相手じゃないのは最初からわかってたはずだから、当然責任持つつもりで手を出したわけだよねぇ？」

「口説き落とすつもりではいたさ。はまりすぎているのが予想外だったかな」

「いきなりノロケないでくださいますー？」

うんざりだというポーズを取って、相原はようやく余計なことを言うのをやめた。

郁海の中では少しの嬉《うれ》しさと、そして同じだけの苦さがあった。第三者から、加賀見の気持ちを言ってもらえることは恥ずかしくも嬉しいが、同時に過去の事実は胸の中をちくちくとかすかに刺《さ》した。

余計なことを言い出したのはそもそも郁海だった。

さっきのはきっと知らなくてもよかったことだったのかもしれない。知られたくないことは誰《だれ》にだってあるわけで、それを好奇心《こうきしん》や、納得《なっとく》できないという自分勝手な理由で追及《ついきゅう》するのは思いやりに欠ける行為《こうい》だろう。だから言った相原を責める気はない。そもそも聞いた郁海が悪いのだ。

だからきっと、これは罰《ばつ》なのかもしれない。昔のことだとわかっていても、気にすることではないと頭ではわかっていても、はっきりと加賀見の女性関係を知らされるのは嬉しくないことだった。

加賀見だって、知らせたくなかったはずだ。知れば郁海が気にしてしまうことを彼は十分予想していたはずである。

「郁海？」

気がつくと加賀見が顔を覗《のぞ》き込んでいた。

視線をあわせて、苦い笑《え》みを浮かべる。気にしていないと言ったところで無駄《むだ》だから、気持ちをストレートに表情に出した。

ものすごいショックを受けたわけではない。ただ少し、もやもやとした不快感があるだけだった。

「もう更生《こうせい》したから」

「はい」

郁海は大きく頷《うなず》いた。それはわかっていた。加賀見の気持ちは疑いようもないし、不安を覚えてるわけでもなかった。

頬《ほお》に唇《くちびる》を感じて郁海は目を閉じる。

宥《なだ》められているような気がした。自分はきっと、とても手間のかかる恋人《こいびと》なのだろうなと思い、溜《た》め息《いき》をつきたくなった。

食事のあとで少し話をしてから、相原は気遣《きづか》わしげな顔をして帰っていった。口で何か言ったわけではなかったが、視線には軽い謝罪が含《ふく》まれていたようだった。

別に謝られるようなことではなかった。たぶん、相原が気にしているところと、郁海が気にしているところは違う。

ドアを閉めながらそう思った。

リビングに戻《もど》ると、加賀見がこちらを見て手を差し出した。ためらわず、その腕《うで》の中に入っていく。

「昔の話を、もう少ししていいかな」

それを言うために彼は待っていたのだ。

郁海は黙《だま》って頷いた。もしかしたらその中には聞きたくない部分も含まれているのかもしれないが、加賀見のほうから言ってくれたものに拒否《きょひ》することはできなかった。

じっと見つめる前で、引き締《し》まった口元が動いた。

「家に帰らないでふらふらしていた理由だ」

「あ……はい」

気にはなっていたことだったが、郁海から聞くのは憚《はばか》られたことでもあった。

加賀見は郁海を抱きしめたまま言った。

「シンプルなことなんだよ。自分がどういう生まれだったのかを知ったわけだ。父親だと思っていた男は赤の他人で、良妻賢母《りょうさいけんぼ》の見本だと思っていた人は、夫以外の男の子供を孕《はら》んだ女だった。まぁ、お定まりのコースだね」

だが理由としては十分だった。

「信じられないかもしれないが、それまではまずまず優等生だったんだ。成績もよかったし、クラス委員もやっていた。真面目《まじめ》……とは言い切れなかったがね」

「信じます」

何となく曖昧《あいまい》なイメージが頭の中に浮《う》かんでくる。たぶん前島のような感じだったのではないだろうか。もちろん顔は似ていないし、性格も対人態度も違うのだろうが、まずまず優等生なのに真面目じゃない、というのはまさに前島にも言えることだった。

「最初に君に会ったとき、そういう意味で興味があったのも確かだ。両親だと信じていた人たちが他人だと知って、しかも実の父親は会おうともしない……。君がどうするのか、ひどく楽しみだった」

「人が悪い」

思わず言ってしまうと、加賀見はくすりと笑った。

「そうだよ。知らなかった？」

「……知ってました」

小さな声で返すと、ますます楽しそうな笑い声が聞こえた。

養父母が亡くなって、彼らの知り合いだった弁護士と一緒《いっしょ》に加賀見はやって来た。あのときの郁海のことを彼は「毛を逆立てて威嚇《いかく》している子猫《こねこ》」だなどと言ったが、意味ありげな視線はそれだけの理由ではなかったわけだ。

「まったく予想と違っていて、驚かされたよ」

「そうなんですか？」

「ああ。監督者《かんとく》のいない一人暮らしだからね、もしかしたら夜遊びをするかもしれない、与《あた》えられる金を湯水のように使って、学校にも行かないかもしれない……そのくらいのことは考えていたよ」

「まさか……」

「そう、大外れだった。嬉しかったね」

意味がわからなくて顔を上げると、加賀見は言葉通り本当に嬉しそうな顔をして郁海を見つめていた。

「遅刻《ちこく》もしないで学校へ行くし、寄り道もしないで帰っているというし、振《ふ》り込まれる金は必要最低限しか使わない。成績は優秀《ゆうしゅう》で、家事も自分でやっている」

「はぁ……」

「何て子だろうと思ったよ。ま、田中氏への反抗《はんこう》と期待で、次々と〈お目付役〉をクビにしていったのはご愛敬だな。あれはあれでとても微笑《ほほえ》ましかった」

「もうその話はやめてください」

自覚なしの子供じみた行為を思い出すのはたまらなく恥ずかしい。じたばたと暴れたくなるほど、郁海の中では消したい失態だった。

「グレるどころか、余計に真面目になるとは思わなかったよ」

「そういうのはきっと資質とか性格とかがあるんですってば。きっと、何かから外れたりするのが怖《こわ》いんです。それだけです」

「それだけ……ではないと思うがね」

「あの……」

郁海は加賀見の言葉を遮《さえぎ》るようにして、まっすぐに彼を見つめた。

「どうした？」

「ごめんなさい。僕が余計なこと言い出したから……」

「ああ、そんなことは別にいい。みっともないから黙っていただけなんでね。隠《かく》されたら、知りたくなるものだよ」

そうは言ってくれるけれど、郁海は溜め息をつくしかなかった。

どうして黙っていたのか。それをまったく考えなかったのは確かなのだ。こういうところが、自分でも嫌《いや》になるくらいに子供じみていると思う。相手を知りたいから、自分の胸の内がすっきりしないから……なんていうのは、勝手な理由だ。黙っているのが相手の思いやりだと考えられない未熟さだった。

嘘《うそ》や隠しごとには少なくとも二つ種類があると郁海は思っている。一つは自分のためのもの。保身や自己利益のための嘘や隠しごとだ。そしてもう一つが、誰かのためのもの。こちらは相手を傷つけないように、あるいはその人の利益になるように思いやられたものだ。

そういうことを郁海はようやく知りつつある。こうやって少しずつ大人になっていったら、いつか加賀見の隣《となり》に堂々と立てる日がくるだろうか。

誰《だれ》にも見劣《みおと》りしない恋人になれるだろうか。

「加賀見さんは……」

「うん？」

「気が長い？」

唐突《とうとつ》な問い掛《か》けに、さすがの加賀見も面食らった。郁海の心情の流れまではわかるはずもなく、彼にとってはひどく突飛《とっぴ》な質問だった。だが茶化したりしないのは、郁海の視線に真摯《しんし》な色を感じ取ったせいだ。

「どういう意味で？」

「僕がちゃんと大人になるまで、呆《あき》れないで待ってくれますか」

加賀見は目を瞠《みは》り、それからすぐに苦笑をこぼした。今のは彼にとってまったく予想外のことだったのだ。

「呆れたことはないんだが……」

「これから呆れるかもしれないじゃないですか」

「ない、と断言しようか。子供が子供っぽいのは当然だ。たとえば三十にもなって、十五の子供のようなことをぐずぐず言っていたら呆れるかもしれないがね、君はまずそんなことにはならないから大丈夫《だいじょうぶ》だ。保証する」

「……何で保証できるんですか」

つい拗《す》ねたような口調になるのをとめられない。こういうところで本当はさらりと笑《え》みを含《ふく》ませたいのだが、今の郁海にはまだできない芸当だった。

「君は中学生の時点で、高校生のときの私より大人だったからね。そのうち私のほうが子供に見えてくるかもしれないぞ」

「そんな……」

有り得ない話だと思った。いくら何でもそれは加賀見の冗談《じょうだん》で、何年経とうが郁海が加賀見を子供だなんて思うはずがないと。

まだ十六の郁海にとって、想像もできないことなのだ。

「で、最初の質問に対してだが……。我ながら君を構いたいという点では辛抱《しんぼう》が足らないんだがね、他はそうでもないよ。気は長いほうだ」

これでいいかな、と囁《ささや》いて、加賀見は郁海の髪《かみ》を梳《す》く。耳元で囁く声は、いつもより甘く聞こえて、ぞくぞくと身体《からだ》が震《ふる》えた。

軽く触《ふ》れるだけのキスを繰《く》り返しながら、その唇《くちびる》が言葉を紡《つむ》ぎ出す。

「そうでなかったら、こんなに愛《いと》しいとは思わないよ」

膝《ひざ》に引き上げられて、見つめられた。はっきりとした言葉で伝えられなくても、加賀見が郁海を強く求めているのがわかる。抱《だ》きたいと、何よりも雄弁《ゆうべん》に瞳《ひとみ》が語っていた。

試験が終わった日に……とは言われていた。もちろん半ば冗談まじりの約束だったわけだが、たぶん互《たが》いに本気だった。

郁海は自分から、唇を寄せていく。

いいという、意思表示のつもりだった。だから触れるだけですぐに離《はな》れようとしたのだが、加賀見は郁海の頭の後ろに手をやって逃《のが》さないようにすると、もう一度唇を重ね、今度は深く結び合わせてきた。

舌が絡《から》んで、濡《ぬ》れた音がする。他《ほか》の誰ともしたことがないから郁海にはよくわからなかったが、キスは気持ちがいいものだと思う。直接的な感覚はもちろんだが、精神的に作用するものも大きいのだろう。

キスをしながら加賀見は身体に触れた。

官能のスイッチがどこにあるのか彼は知っていて、それを指先や舌で確かめるようにして入れていくのだ。

ひんやりとした手が郁海の肌《はだ》から熱を奪《うば》って、代わりに違《ちが》う熱を植えつけていく。

離れていった唇は頰《ほお》や首筋、耳の下に優しく触れ、やがてくつろげたシャツの胸元に辿《たど》り着いた。

「っぁ……」

郁海は加賀見の肩口《かたぐち》に指先でしがみついて、びくりと喉《のど》を反らした。

じわじわと甘い痺《しび》れが生まれて、深いところから表面に染み出てくるように、曖昧《あいまい》な形をはっきりとさせていく。

久しぶりだからか、加賀見はいつもより少し性急だった。シャツを脱《ぬ》がせるのもそこそこに、緩《ゆる》めのジーンズのボタンを外して下着ごと引きずり下ろした。乱暴、というほどではなかったが、丁寧《ていねい》とも言えないしぐさだ。

肩からずり落ちたシャツはもともとの長さもあって、腿《もも》の半分くらいまでを覆《おお》っている。だがその下には露《あら》わになった下肢《かし》があるのだった。

ソファにゆっくりと倒《たお》されて、残りのボタンを外された。脚《あし》の間にいる加賀見は、そのまま下肢の中心に顔を埋《う》めた。

「んっ……！」

ソファの上で身体が跳《は》ね上がる。

温かな口腔《こうこう》に包まれて、やわやわと理性を蝕《むしば》んでいくような快感が中心から指先まで伝わっていく。

身体の内側で体温が上がって、肌が汗《あせ》ばんでくる。呼吸が乱れて、それが喘《あえ》ぎ声になるのはあっというまだった。

声が抑《おさ》えられない。もっとも抑えるなというのが加賀見の希望だったから、これでいいのだけれど。

それに黙《だま》っていたら湿《しめ》ったいやらしい音が響《ひび》いてしまうから、それならばまだ自分のあられもない声が聞こえたほうがましだというのもあった。

「あっ……あ、あぁ……！」

郁海の甘い声が好きなのだと、臆面《おくめん》もなく彼は言う。感じているときの表情や、いくときの顔が可愛《かわい》いのだとも言った。

つまり加賀見は、そういうことを聞いたり見たりする余裕《よゆう》があるということだった。

郁海にはまったくないのに。

快感に弱いこの身体のせいだ。

いつもどうしようもなく感じてしまって、わけがわからなくなって、余裕なんてなくしてしまう。加賀見の愛撫《あいぶ》によって悶《もだ》えんばかりに感じ、身体を繋《つな》いだあとはさらに理性がきれいに溶《と》けてなくなってしまうのだ。

郁海はいつも閉じている目を、うっすらと開けた。

「っ……や……」

加賀見が口を使っている様子が否応《いやおう》なしに目に飛び込んできて、思わずすぐに目を閉じてしまった。

やはりこれは衝撃《しょうげき》的だ。わかっていても、たとえ今さらだと言われても、たまらなく恥《は》ずかしい。その上、加賀見はもっと恥ずかしいこともよくするのだ。彼を受け入れる場所を舐《な》められるのは、何よりも恥ずかしかった。

相手が加賀見じゃなかったら、絶対に受け入れられないだろう。

加賀見だから、何をされたって許せるのだ。

こんな恰好《かっこう》で脚を開いて、奥まで見られて、浅ましい姿を暴き出されて余すことなく見られて……。

それでも、加賀見を感じたかった。望んでくれるならば、すべてを与《あた》えてしまいたかった。

「あ、ぁ……っ」

内側で膨《ふく》らんだ快感が、今にも弾《はじ》けてしまいそうになっている。郁海は仰《の》け反《ぞ》り、いやいやをするように首を振《ふ》って、足の爪先《つまさき》でソファの表面を掻《か》いた。

どうにかなってしまいそうだった。

「……っちゃ……う……」

泣き声のまじった言葉に、加賀見は笑う気配を見せた。

強く吸われて、頭の中が白く弾ける。

ソファから浮《う》き上がった背中が音もさせずに落ちて、薄《うす》い胸が忙《せわ》しなく上下する。郁海はゆっくりと目を開けて、ぼやけた視界の中に加賀見を見つけた。

飲まれるのはとても苦手だ。それはとても不自然なことに思えて仕方がないのだが、加賀見に言わせるとそうではないらしい。

加賀見は、自分のしていることは普通《ふつう》のことで、何ら特別なことではないと言う。経験の豊富そうな恋人《こいびと》にそう言い切られてしまったら、ろくに何も知らない郁海など、異議を唱えられるものではなかった。

ただ受け入れてくれればいいと、彼は言う。

だがそれだけでいいんだろうか。こんなに気持ちよくしてもらっているのに、郁海は加賀見に何もしてあげていない。セックスというのは、どちらかが一方的に何かして、もう一方が受け入れればいいことなのだろうか。

よくわからなかった。

たとえば、加賀見がかつて肌を合わせた相手。どんな人かも、何人いたのかも知らないが、その人たちとセックスしたとき、加賀見はどうだったのだろうか。相手は、どんなふうだったのだろうか。

他の人と比べて、自分の身体は加賀見を満足させられているのだろうか。

気にしても仕方がないのに、急にそんなことを考えてしまった。

一度頭に浮かんだことは、そうやすやすとは消え去ってくれなくて、郁海は熱を含んだ息を吐《は》き出しながら、手を突《つ》いて上体を起こした。

「あの……」

「ベッドに行く?」

「どっちでも、いいです」

郁海は言いかけていた言葉を飲み込んだ。

セックスに関することを見たり読んだりすることに、郁海は罪悪感にも似た感情を抱《いだ》いてる。だから郁海が目にするものといえば、たまに見るテレビの中で、イレギュラーで飛び込んできてしまった、当たり障《さわ》りのない映像だけだ。テレビなのだからほんの一部分で、しかもリアルに描《えが》いてもいない。だから郁海の中には、こうやって自分が加賀見としているセックスが普通と同じなのか違《ちが》うのかもわからないのだ。

もう一度加賀見が触《ふ》れてこようとしたときに、電話が鳴った。

「出ていいですか？」

「どうぞ」

邪魔《じゃま》されるのは好きでなくても、相手もわからないのに無闇《むやみ》に阻止《そし》するほど加賀見は子供でも狭量《きょうりょう》でもない。まだ夜は早く、時間はたっぷりあるのだから、少しくらいの中断などさしたる問題でもないのだろう。

子機は寝室《しんしつ》とキッチンにある。だから郁海はソファから降りると、うるさく鳴り続ける親機から電話を取った。

「はい、佐竹です。あ……前島？」

相手から見えるわけでもないのに、クラスメイトからの電話だと知ると、郁海は衣服の乱れを直し始めた。シャツの襟《えり》をかき合わせたり、裾《すそ》を引っぱったりと、無駄《むだ》なことをついやってしまう。

何となく気恥《きは》ずかしかった。

「う、うん、ちょっと手が離《はな》せなくて。えっと……あ、そっか。どこに何時？」

待ち合わせの連絡《れんらく》だ。郁海はきょろきょろと周囲を見回してボールペンを手にすると、メモ用紙に書き込みをした。

「東口を出て……えっと右？　あ……そっか。うん、わかった。大丈夫《だいじょうぶ》だと思う。じゃ、何かあったら電話するから」

短い電話を終えると、郁海はふっと息をつく。

それからゆっくりと加賀見を振り返った。そういえば、まだ映画の件が決定したことを伝えてはいなかった。

「えーと……映画、行くことにしたんです。クラスのみんなと」

「ああ、いいんじゃないか。映画なんて、久しぶりだろう」

「小学校のとき以来です。たぶん……大丈夫だと思うんですけど」

「うん？」

「映画館、暗いから……」

自信がなさそうに呟《つぶや》いた言葉に、加賀見は目を瞠《みは》って、言わんとしていることを悟《さと》った。

郁海は小さな頃《ころ》の経験から、暗闇《くらやみ》に対する恐怖心《きょうふ》を抱《かか》えている。そして閉所に対しても。狭《せま》くても明るければ大丈夫だし、暗くても広ければ変調を起こすほどでもない。だがやはり怖《こわ》いとは思うのだ。

「映画って真っ暗にはならなかったですよね？」

「そのはずだが……そうか、それがあったな。最近は意識しなくなっていたよ」

たとえば廊下《ろうか》の照明は常に落とされることはなく、寝室は常夜灯がついているのだが、もはや習慣になってしまっているから、加賀見もその理由を意識することはなくなっていたに違《ちが》いない。郁海もそうだった。

少し視線を下に向けたときに自分の脚《あし》が見えて、急に今までしていたことを思い出した。汗《あせ》が引いて、少し寒く感じる。無意識に両腕《りょううで》で自分を抱えるようにすると、それに気づいた加賀見が言った。

「風呂《ふろ》に入っておいで。風邪《かぜ》をひくよ」

「あ、はい」

「一緒《いっしょ》に入ってもいいかな」

笑いながら尋《たず》ねられた。

断りなく押し掛《か》けるという手もあるだろうに、この顔は郁海の反応《はんのう》を見るためにあえてお伺《うかが》いを立ててきたのだ。

恥《は》ずかしがって、それでもむげに嫌《いや》だと言えなくて困る様を見たいのである。

「……いいですよ」

だから郁海はそう言って、さっと風呂場に行ってしまった。加賀見の期待を裏切ってやったつもりだった。

それすら相手が楽しんでいたことなど、気づきもしなかった。

加賀見が入っていくと、郁海はすでに全身泡《あわ》だらけになっていた。加賀見のために、少し端《はし》によって場所をあけようとしている。

シャワーのコックを捻《ひね》り、落ちてくる湯の中で手を伸《の》ばして郁海を捕《と》らえ、細い身体《からだ》を抱きしめる。

お預けをくらっていた分、触れたくて仕方がない。子供のように堪《こら》え性《しょう》がなくなる自分に笑いたくなるほどだ。

腕の中でくるりとこちらを向いた郁海は、思いつめた様子で、大きな目をじっと加賀見に向けてきた。

「あの……」

また何か突拍子《とっぴょうし》もないことを言い出すつもりだろうか。黙《だま》っている時間が長いときは、郁海の中でいろいろと思考が動いていることが多く、その直後にこんな顔をした場合は、彼の中で独自に展開された結論や疑問が飛び出してくることが多いのである。

案の定、可愛《かわい》らしい顔は真剣《しんけん》な表情のまま、唖然《あぜん》とするようなことを言ってくれた。

「僕は加賀見さんに何もしなくていいんですか？」

「どうしたんだ？」

「だって、いつもしてもらうばっかりだから……。よく、わからないですけど……他の人がしてて僕がしてないんだったら、言ってください」

「言ったら、やるのか？」

「……はい」

こっくりと頷《うなず》くその様子を見て、自然と笑《え》みがこぼれた。

さてどうするべきか。たとえば加賀見が嘘《うそ》を教えたとしても、郁海はそれを信じて躊躇《ためら》いつつも言われた通りにするだろう。

「別に誰《だれ》でもやるってわけじゃないが……さっき、私が口でしたようにできるか？」

すぐに返事はなかった。

ざあざあと、シャワーが落ちる音だけが浴室の中に響《ひび》いていたが、それは加賀見が思っていたよりも長い時間ではなかった。

郁海はその場に膝《ひざ》をつき、ひどく緊張《きんちょう》した様子で加賀見のものに手を添《そ》える。それからぎゅっと目を閉じて、おずおずと口に含《ふく》んだ。

正直なところ、驚《おどろ》いた。まさか本当に郁海がやるとは思っていなかったのだ。上手《うま》い下手で言ったら話にならない。舌はろくに使えていないし、歯も当たっていた。だがまだあどけなさを色濃《いろこ》く残す郁海が、自分の前に膝をついてしている姿は、強烈《きょうれつ》に視覚に訴《うった》えるものがある。

たまらなかった。

シャワーを止めると、小さく舌が音を立てているのがわかる。郁海は耳まで赤くなって、それでも何とか加賀見を喜ばせようとしていた。

加賀見はそっと指先を濡《ぬ》れた髪《かみ》の中に差し入れて、愛撫《あいぶ》するように撫《な》で回す。

「無理しなくていい……」

声が掠《かす》れているのを、あとになってから自覚した。

そっと郁海を自分から離れさせると、郁海はひどく戸惑《とまど》ったように見上げてきた。問いかけるような目をしていた。

「もういいよ」

「でも……」

「十分だ」

不安そうに何かを言いかける唇《くちびる》に、加賀見は自分のそれを合わせ、柔《やわ》らかな舌を吸った。キスは最初の頃に比べるとずいぶん慣れて、ちゃんと応えるようになった。夢中になって貪《むさぼ》って、我を忘れてしまうほどに。

「あんまり……ちゃんと、できな……ぁ……っ」

背中に回した手を滑《すべ》らせて、背骨にそって下へ向かわせる。指先が小さな尻《しり》の狭間《はざま》に触《ふ》れると、びくんと身体を震《ふる》わせ、郁海は喘《あえ》ぐようにして小さく声を上げた。

「そんなことはないよ。嬉《うれ》しかった」

一生懸命《いっしょうけんめい》なのが可愛くて、そして愛《いと》おしい。

加賀見はバスタブの中に入って縁《ふち》に腰掛《こしか》けると、郁海を脚の間に立たせて胸の粒《つぶ》を口に含んだ。すでにぷっくりと尖《とが》っていた粒は敏感《びんかん》で、舌先で転がすだけでも甘い声を引き出すことができた。

唾液《だえき》で濡らした指でしばらく後腔《こうこう》を揉《も》んで、ゆっくりと中に差し入れる。

「っぁ……あ……」

郁海は加賀見に被《かぶ》さってくるようにして抱《だ》きついて、きついそこを慣らすために指が動くのにあわせて何度も大きく震えた。

静かな浴室内に、くちゅくちゅという淫猥《いんわい》な音と、郁海の声だけが響いていた。

内側の肉をかき分けて奥へと指を差し入れ、絡《から》みつくのを振《ふ》りきるように引いていく。指を

増やす頃には郁海の腰は無意識に揺《ゆ》れていた。

「ん……っ、あ……ぁん……」

いつもより時間はかけなかった。じっくりと攻《せ》めて蕩《とろ》けさせていく余裕《よゆう》は、今日の加賀見にはないのだ。久しぶりだということに大人げなくがっついているのかもしれないし、思いがけない郁海の行為《こうい》に興奮しているのかもしれない。

指を引き抜《ぬ》いて、向かい合ったまま郁海の腰を自分のほうへと引き下ろす。

少し苦しそうに眉根《まゆね》を寄せ、声を上げるのはいつものことだ。すぐにそれが官能的な顔になり、よがり声に変わることを互《たが》いに知っていた。

身体が繋《つな》がると、加賀見はゆっくりと湯の中に身を沈《しず》める。

張った湯の温度はまだ低かった。普段《ふだん》は先に帰って食事と風呂の用意をしておく郁海だが、今日は勝手が違っていたので、スイッチをついさっき入れたところだった。かなり温《ぬる》いまま、手を伸ばして一度スイッチを切る。

「のぼせないようにね」

「このまま……なんですか？」

戸惑《とまど》いぎみの郁海に軽く返事の代わりのキスをして、加賀見は頼《たよ》りなげな腰を掴《つか》んだ。浮力《ふりょく》を借りて引き上げ、すぐにまた引き下ろして深く抉《えぐ》る。

郁海はぎゅっと目を閉じて声を上げ、ぞくぞくと肌《はだ》を震わせた。たとえ郁海が自分で動こうとしなくても、ことは簡単だった。

「や……っ！　ん、んっ……ぁ……！」

仰《の》け反《ぞ》る首に噛《か》みつくようにキスをする。

動くたびにぬるま湯が波立ち、それが少しずつ大きくなっていくにつれて、郁海の上げる声も追いつめられたものになった。

だがそれでも確かに甘いのだ。泣きそうな声なのに、気持ちがいいと雄弁《ゆうべん》に訴えている。

摑んだ腰をがくがくと揺さぶって、深く身体を結びあわせた。

優しく抱こうと常に心がけてはいても、理性を見失ってしまうことがよくある。前戯《ぜんぎ》のうちはともかくとして、いざこうやって郁海の中で快感を追い始めると、どうにも歯止めが利《き》かなくなってしまう。

貪るように抱いて、郁海を泣かせることもしばしばだ。

「ぃ……やぁ……っ」

腰を密着させて、中をかき回した。

まるでセックスを覚えたてのガキみたいだ……と加賀見は自嘲《じちょう》する。郁海が欲しくて、そして乱れさせたくてたまらなかった。

そのくせ、まっさらだった郁海が、加賀見の指や舌を覚えて、少しずつ変わっていくのが楽しくて仕方ないとも思うのだ。たとえばくすぐったいだけだった場所が、軽く歯を立てただけで感じる場所へと変わっていたり、後ろだけで快感を得られるようになったり。

互いに身体《からだ》が馴染《なじ》んでいくということが、どれだけの喜びをもたらすのか、それを彼は初めて知った。

「郁海……」

頭を抱き寄せて、耳元で低く囁《ささや》いた。

「ア――……!」

切羽つまった声と一緒《いっしょ》に、郁海の後ろはきゅっと加賀見を締《し》め付ける。それに促《うなが》されるようにして、加賀見は終わりを迎《むか》えた。

抱きしめた身体がびくびくと震える。

離《はな》してしまうのが惜《お》しくて、そのまま頬《ほお》や耳にキスをした。

郁海は両手でしっかりと加賀見の背中に抱きついて、荒《あら》く乱れた息を整えている。吐《は》き出す息が肩口《かたぐち》に当たっていた。

湯の温さを思い出してスイッチを入れた。少しずつ温度が上がっていく中で、ようやく伏《ふ》せられていた長いまつげが動いた。

綺麗《きれい》に澄《す》んだ目が、加賀見を見つめた。普段よりも欲望を帯びた目は、まるで誘《さそ》うような色をしている。

もっと欲しいという雄《おす》の欲望を刺激《しげき》してやまない。

物言いたげな唇に誘われて寄せていこうとすると、そっと伺《うかが》うように郁海は言った。

「聞いて……いいですか……？」

触れあう遥《はる》か前で止まって、加賀見は代わりに手で柔らかな頬を包み込んだ。

「何かな」

「あの、加賀見さんは……いいんですか？　つまり、その……僕で、満足……できてるんですか？」

加賀見は半ば啞然《あぜん》として郁海を見つめ返した。

面と向かって「よかった？」と聞かれることは別に驚くようなことではない。だが、こんなに不安そうに、真剣《しんけん》な面持《おも》ちで問われたことはかつてなかった。

「だから、その……他の人と比べて、何か足りないとか、よくないとか……」

ひどく言いにくそうに郁海はさらに続けた。

さっきから何か言いたそうだったのはこれかと、ようやく納得《なっとく》した。相原が余計なことを言ってくれたせいで郁海に気がかりを作ってしまったことはわかっていたが、予想とは少しばかり方向性が違《ちが》っていたようだ。

加賀見はちょんと唇をあわせた。

「比べたことなんかないな。君は誰《だれ》かと私を比べるのか？」

「僕は加賀見さんしかわからないから」

比較対照《ひかく》がそもそもないのだと、郁海は拗《す》ねたように言った。自分が経験をまったく持っていなかったことを、彼はひどく気にしている。それこそ加賀見が考えていたよりも遥かに。

自然と笑《え》みが浮《う》かんでくる。

「私もわからないな」

そう言うと郁海は非難するような顔をした。過去に付き合いがあったのは確かなのだから、彼にしてみれば嘘《うそ》を、そしていい加減なことを口走っていると思ったのだろう。

「本気で好きになった相手とのセックスは君が初めてだから、わからない」

「そ……それって……」

複雑そうな表情を眺《なが》めながら、次の言葉を待った。こういう時間はまったく苦にならない。可愛《かわい》い恋人《こいびと》が何を思って、何を言うのか、それを想像してみるだけでも心が弾《はず》む。間違《まちが》いなく自分に関することだから余計にそうだった。

「何か、ずるい気がする……」

「どうして？　何が不満？」

「不満じゃないですけど、答えになってない気がする」

「なってるよ。昔のことは、いちいち覚えていないんだ。だから比較もできない。郁海を抱くたびに忘れていくのかもしれないな」

至近距離《きょり》から見つめると、郁海は逃《に》げることもせずに視線を受け止めた。表情は相変わらず真剣だ。

「じゃあ……もっとしたら、みんな忘れちゃいますか？」

「きっとね」

冗談《じょうだん》と本気がまじりあった言葉だった。かつて抱《だ》いた相手のことは、もうあまり覚えていない。ましてどんなセックスだったかなど、加賀見にとっては意味のないことで、経験以上のものにはならなかった。

だから比較などしようもない。比較になどなるはずもなかった。

半ば誘い文句なのだと知っているのかいないのか、郁海は両手で加賀見に抱きついてきた。

「……忘れちゃってください」

「続きはベッドにしようか」

ゆっくりと郁海の腰を浮かせて、身体を離していく。

「ん……っぁ……」

ずるりと引き抜かれていく感触《かんしょく》に甘い声がもれた。

夜はまだ長く、明日のことは気を遣《つか》わなくていい。郁海は休みだし、加賀見の仕事も予定として入っているものはない。

一緒に風呂《ふろ》から上がり、ざっと身体を拭《ふ》いた。それから加賀見は郁海を抱き上げて寝室《しんしつ》へ行くと、キスをしながらベッドに横たえた。

身体をまさぐる手には、さっきよりも余裕《よゆう》がある。

今度は長い時間をかけて隅々《すみずみ》までたっぷりと愛してやって、狂《くる》わんばかりに身悶《みもだ》える様を見てみようか。

「煽《あお》ったのは君だからね。覚悟《かくご》しなさい」

「え……？」

問うような唇《くちびる》を加賀見は自分のそれで塞《ふさ》いでしまった。

5

朝から郁海は慌《あわ》ただしかった。

こんなことは滅多《めった》にない。いつも余裕を持って起きる郁海は、出がけにバタバタすることなどまずないからだった。

だが今日は寝坊《ねぼう》をした。目覚ましのセットを間違えて、予定よりも一時間も遅《おそ》く起きてしまったのだ。

「何で起こしてくれなかったんですか……っ？」

待ち合わせの時間は知っていたはずで、しかもとっくに加賀見は起きていたわけだから、どうして……の疑問も、それに含《ふく》まれる文句も仕方がないことだった。

パーカーを被《かぶ》りながらの郁海に、しかし加賀見は指を差しながら冷静に言った。

「それだとキスマークが見えるが？」

「っ……」

息を飲んでクローゼットまで引き返し、タートルのニットを代わりに被る。ぷはっと顔を出して、郁海は念のために首の位置を確かめた。

大丈夫《だいじょうぶ》だ。これなら見えない。

待ち合わせの時間まで、あと三十分というところだろうか。今からどんなに走ったところで、遅刻《ちこく》は決定だ。乗り換《か》えが面倒《めんどう》な上、電車だとぐるりと回り込むように走るから遠回りなのだ。ここはタクシーを使うべきだろうか。

だがそれも落ち着かない。高校生が、友達との待ち合わせに遅《おく》れるからといってタクシーというのもどうかと思ってしまう。誰が咎《とが》めなくても、郁海が嫌《いや》なのだ。

ジャケットを着ながらリビングへ戻《もど》ると、昨日も仕事に行かなかった加賀見が、まだのんびりとダイニングテーブルに着いていた。

さっきまで手にしていたコーヒーの代わりに、車のキーが揺《ゆ》れている。

「送って行こう」

「え、でもそんな……」

「起こすのを忘れていた責任は取らないとね。それに朝食も取らないで行くのは感心しない。車なら何とか三十分くらいで行くだろう。五分くらいの遅刻ですむかな」

テーブルにはラップにくるんだサンドイッチと、缶《かん》のジュースが置いてある。わざわざ缶なのは、つまり車内で食べろということだろう。

迷っている暇《ひま》はなかった。ここで押し問答をしている暇もない。

「お願いします」

「素直でよろしい」

加賀見はにっこりと笑って、郁海の朝食を手渡《てわた》してきた。そうしてコートを手に取ると、先に立って部屋を後にした。

ガレージにある車の助手席に乗り込んで、郁海は走り出すと同時に朝食を取った。サンドイッチは、いつ作ったものか、パンが軽くトーストされている。中身はハムとチーズとレタスで、マスタードの利《き》き具合がちょうどよかった。

「身体《からだ》は大丈夫か？」

「……何とか」

昨日に比べたら段違《だんちが》いにいいと言えた。何しろ昨日は歩くのも大変で、立とうとしては失敗するというシーンが何度もあったのだ。

郁海には自覚がないのだが、加賀見に言わせると彼を「煽った」らしく、久しぶりということもあってか、朝まで離《はな》してもらえなかった。おかしくなるんじゃないかというくらいに感じさせられて、泣きじゃくって、理性なんか跡形《あとかた》もなく取り払《はら》われた。まだ余韻《よいん》が身体の中に残っているような気がする。

気怠《けだる》さもまだある。吐《は》く息だって、まだ淫蕩《いんとう》な気配を残しているんじゃないかと心配になるほどだ。

「けど、あんなにいじめなくたっていいじゃないですか」

「いじめたつもりはないよ」

「可愛《かわい》がった、と言うんだ。気持ちよかっただろう？　それに、忘れるくらい抱いていいと言ったのは誰《だれ》だったかな」

「だって……っ」

加賀見の横顔はひどく楽しそうだった。

これを言われると返答に困る。確かに言ったという自覚はあるし、半ば冗談だと知っていて乗ったのは郁海だ。そんなことで本当に加賀見が他《ほか》の人のことを忘れてくれるなら……とおまじないをかけるような気持ちだったのだ。

「……本当に忘れてくれました？」

「まだもう少しかな。今晩の、君の協力次第かもしれない」

涼《すず》しい顔で言ってのける。

やはりおまじないはおまじないでしかない。本当に効くわけがないと知っていても、ついやってしまうのと一緒《いっしょ》だ。だからといって、郁海が損をしたわけでもない。効かなくたって、それは最初からわかっていることなのだ。

覚えていないというのも、比較《ひかく》したことがないというのも本当なのだろう。それは加賀見の言葉の端々《はしばし》からわかっていた。

郁海は残りのサンドイッチを口に入れ、咀嚼《そしゃく》してジュースと一緒に流し込んだ。道は覚悟していたより少し空いていて、このままならば時間通りに着きそうだった。

「ところで、今日は遅くなるのかな」

「そのつもりはないですけど……」

「もし、みんなと遊ぼうということになったら、一応連絡《れんらく》をくれるか」

「はい」

その可能性はないとは言い切れない。楽しかったら断らず、そのまま付き合うことも考えながら郁海は車に揺られていた。

待ち合わせの場所が見えてきた。映画館のチケット売り場のあたりには、上映を前に待ち合わせている人間がちらほらと見える。

だが目的の場所の手前で、車の流れは止まってしまう。先にある信号は長そうで、すぐに動き出すという雰囲気《ふんいき》でもない。

時間はちょうど約束の時間になった。

加賀見が言うよりも早く、郁海は口を開いた。

「あ、じゃあここで降ります。走っていくから」

郁海はそう言って、シートベルトを外した。

「ああ、気を付けて」

「行ってきます」

郁海は注意深くドアを開けた。隙間《すきま》を縫《ぬ》って、バイクや原付が走ってこないとも限らないからだ。

ドアを閉める前に礼を言われ、加賀見は思わず苦笑する。

あえて起こさなかったのだと知ったら、どんな顔をするだろうか。興味はあったが言うつもりはなかった。

郁海は歩道に上がると、映画館に向かって走り出す。大した距離《きょり》ではないのに、少しでも早く着こうと必死だ。よほど遅れたくないらしい。初めての待ち合わせなのだから、それも無理はなかった。

待ち合わせの相手はすぐにわかった。郁海に気づいて、軽く手を挙げた。どうやらまだ一人しか来ていないらしい。

遠目にも、ずいぶんと体格がいい少年だとわかる。郁海と並んでいると、とても同じ年だとは思えなかった。

予想外に早く車が動いた。少しずつ、郁海たちのところへ近づいていく。

二人は何やら話をしていた。

やがてほとんど目の前に近いところでまた車が止まった。

郁海がこちらを気にして車道を振《ふ》り返り、すぐ近くに加賀見の車と姿を認めると、ぱっと笑《え》顔《がお》になった。その視線を追って、友達——前島がこちらを見た。

視線がかちあう。

先に動いたのは加賀見で、軽く目礼だけして見せた。すると慌《あわ》てた様子もなく、しかし確実に加賀見の反応に引き出されて彼も会釈《えしゃく》を返してきた。

なるほど、賢《かしこ》そうな少年だ。すでに青年の域に差し掛《か》かっていると言ってもいいだろう。なかなかの男前で、しっかりしていそうだ。郁海の話を聞いていると、人当たりもよく、面倒見《めんどうみ》もいい……ということだった。

「それはそうだろう」

思わず呟《つぶや》いていた。

加賀見を見たときのあの目。値踏《ねぶ》みをするような、探《さぐ》るような、かなり意味のある視線をこちらに向けてきた。友達の知り合いをただ見ていた目ではない。短い時間の長い距離の中で、加賀見という人間を確かめようとしていた目だ。

もっとも、こちらもそうだ。前島という、郁海の話の中でもっとも多く——というより唯一《ゆいいつ》登場する人間をチェックしていたのだ。

(下心があれば、親切なはずだよ……)

しかも恋愛《れんあい》や性的欲望を伴《ともな》うほうの下心だ。

郁海はまったく何も気づいてはいない。純粋《じゅんすい》に親切だと信じている相手が実は下心を持っていると知ったら、彼は傷つくだろうか。

だがその心配はないだろうと思う。根拠《こんきょ》はないが、前島が加賀見の思った通りのタイプならばそうだ。無理強《じ》いはしないし、郁海を傷つけるようなこともしないはずだ。見込み違《ちが》いでないことを祈《いの》りたい。

車が動き出し、郁海が手を振った。

やがて信号を抜《ぬ》けると、郁海たちのいるビルの下はまったく見えなくなった。

ふっと息をついてルームミラーを見たが、やはりそこには後続車とビルしか映っていない。

（こういうこともあるだろうとは思っていたが……）

加賀見だけが郁海に惹《ひ》かれるわけではない。異性だけでなく、同性もあるだろうと予想していた。少女めいた顔立ちと小柄《こがら》な体格という点で、まず容姿だけでも異性の興味を引きつける可能性は高いからだ。

指先でハンドルを叩《たた》く。

無闇《むやみ》に焦《あせ》るほど自信がないわけではない。だが郁海の心が他の人間に向かう可能性を否定することも誰にもできないのだ。

「せいぜい捨てられないようにしないとな」

そう呟いてから、急におかしくなった。自分が十六の高校生を相手にそんなことを思うなど、かつては考えもしないことだった。

「笑えるくらいベタ惚《ぼ》れか」

それもまたいいのではないだろうか。年下の恋人《こいびと》に夢中になっている自分というのも案外悪くない。

帰ってきた郁海から話を聞くのを楽しみに思いながら、加賀見は事務所へと向かった。


「ふーん、カッコイイ人だね」

車が走り去ってしまうと、前島は感心した様子で呟いた。

「あ、うん」

妙《みょう》に照れくさかった。自分の恋人が誰かに誉《ほ》められるというのは、気恥《きは》ずかしくも嬉《うれ》しいことだと初めて知った。誇《ほこ》らしいような、それでいてこそばゆいような、変な感じだ。

「あの人が、加賀見サン?」

「え……?」

郁海は驚《おどろ》いて前島を見上げた。

どうしてわかったのだろうか。郁海はただ、遅《おく》れそうだったから送ってもらった、としか言っていないのに。

するとき前島は澄《す》まして答えた。

「だいたいそのくらいの年かなと思ってさ。佐野っちが、男前だって言ってたじゃん？」

「ああ、そっか」

「弁護士には見えないけどね。何かもっとこう……」

言いかけて黙《だま》り込んだのは言葉を探しているかららしい。だから郁海は先回りするように言った。

「胡散臭《うさんくさ》い感じ？」

「そう、それ。正直な感想な。何でかな、ガラが悪いってわけでもないし、いかにも頭よさそうって感じなのになぁ……」

うーんと唸《うな》って、前島は腕組《うでぐ》みをした。

「ちょっと変わった人だから……」

郁海は急いでフォローをした。あまり加賀見について興味を抱《いだ》かれてしまうと、余計なことまで突《つ》っ込まれそうな気がしたからだ。ことさら知られたくないのは、もちろん郁海との関係だった。

「そうなんだ。でも、何で送ってもらえたりしたの？　個人的にも付き合いあるの？」

「えっ……あ、それは……た、たまたま……仕事でうちに来て……」

「うちに来んの？　親父さんの会社とかじゃなくて？」

もっともな問いに郁海は黙り込むしかなかった。

自慢《じまん》ではないがアドリブはきかないほうだ。考えなしについ口走ってしまったことを突っ込まれたら、上手《うま》く切り返せない。

数秒の沈黙《ちんもく》が痛かった。

不意にそれを打ち破ったのは前島だった。

「仕事のことって、きっといろいろあるんだよな」

「う、うん。たぶん……」

引きつった笑顔で頷《うなず》くと、前島はもう何も言わなかった。

こういうところが大人と言おうか、出来た態度だと思う。相手が歓迎《かんげい》しない質問を悟《さと》って、さっと引いていくのは心憎《こころにく》い。

「っと……電話だ」

呟いて前島は携帯《けいたい》電話を取りだした。着信音は聞こえなかったが、音は消していたのだろうと郁海は時計で時間を確かめる。

約束時間から五分が過ぎた。ここにまだ二人しかいないのは、来る予定だったもう二人のうち一人が急用で来られなくなり、もう一人が遅れているからだった。それを会ってすぐに郁海は聞かされたばかりである。

「えーっ？　そうなの？」

前島が声を張り上げたので、郁海は顔を上げた。

「うん……うん、わかった。じゃ、またな。電話する」

電話を切ると、前島はふっと息をついて郁海を見つめてきた。困ったような笑顔の理由は何だろうか。

「どうしたの？」

「ドタキャン。今日は二人になっちゃったな」

「あ、そうなんだ。誰《だれ》が来るはずだったの？」

「一人は鈴木《すずき》。もう一人は別のクラスのやつだから知らないと思うよ」

来られないというものは仕方がない。それに来る予定だったという友達の名前を聞いても顔が浮《う》かんでこないのだ。確か鈴木という名前はいたはずだが、誰だかわからなかった。少なくとも郁海とよく話す相手でもなければ、席が近いわけでもなく、しかも目立たない生徒なのだろう。

「行こ行こ」

背中を押されるようにしてチケット売り場に行き、学割で券を買った。エレベーターの上昇《しょう》に身を任せる頃《ころ》には、郁海の意識はもう別のところへと向かっていた。

（大丈夫《だいじょうぶ》

暗闇《くらやみ》になるわけでもないし、狭《せま》いわけでもない。それに映画は面白そうだから、内容に気を取られていればそんなことは気にならないかもしれない。

小さく息を吐《は》き出して、郁海は前島の後からエレベーターを出ていった。


映画の後に遅《おそ》いランチを取りながら、二人でいろいろと見たばかりの作品について他愛のない話をした。

あそこのCGが綺麗《きれい》だったとか、音楽がよかったとか。

そんな何でもない話が楽しかった。

映画に出てきた子役が隣《となり》の子供に似ていたと言って、前島の話は自然に家族の話になっていった。

「父親とはほとんど会わないんだよ。単身赴任《ふにん》しててさ。二週間にいっぺん、週末は母親がそっち行っちゃって俺と兄貴は放ったらかし」

「へぇ……」

前島の兄は三つ上で、やはり斉成の生徒だったという。在校時は、学年でトップクラスにいたというから、ずいぶんと優秀《ゆうしゅう》な家系らしい。

「大学入ってバカになった感じ。もう弾《はじ》けちゃって弾けちゃって」

言葉とは裏腹に、そこには否定的な意味合いはなかった。仲がよさそうだというのは、前島の様子を見ていればわかる。

どうするべきだろうと、ふと思った。

自分も家庭の事情を打ち明けるべきだろうか。黙っていたら、おそらく前島は何も言って来ないだろう。父子家庭だということは言ったが、それは正しい説明ではなかったのだ。

「郁海？」

「あ、うん。何か家族仲よさそうでいいなって……」

「それは……まぁ、いいけど……」

郁海は悪いのかと、前島は急に表情を曇《くも》らせて気遣《きづか》わしげな視線を向けてきた。話すか話すまいかと戸惑《とまど》う様子が、また不安を煽《あお》ってしまっているらしい。

意を決して郁海は言った。

「本当は父親と一緒《いっしょ》に暮らしてないんだ。仲は、別に悪くないんだけど……」

悪くなる以前に、まだよくなっているとも言えない状態である。親子ごっこ、がいつ本物になるのか、まだお互《たが》いに見当もつかないような関係だ。

「その……父親には、僕の母親じゃない奥さんがいて。中一のときまで、そういうこと全然知らないで、普通《ふつう》に両親だと思っていた人たちと暮らしてたんだけど……あ、佐竹っていうのはその両親の名字。

「そうだったんだ……」

　ほうけたような相槌だったが、反応としては普通だろう。郁海は小さく顎を引いて、再び口を開いた。

「中一のときに佐竹の両親が亡くなって、そしたら実の父親っていうのが引き取るって言い出して……それで、今のマンションに連れてこられた」

「あれ……でも一緒に暮らしてないんだろ？」

「だからずっと一人暮らし」

のようなものだ。今は加賀見が入り浸《びた》っているから、同居人がいると言えるのかもしれないけれども、さすがにそれは口に出せなかった。

「それはどうなんだよ。だって、中一だろ？　客観的に見て、ちょっとどうかと思うぞ、その親父さん」

否定しようもなく郁海は頷いた。女にだらしなくて、郁海のこともずっと人任せで、どうしようもない男だ。でもいいところだってあるにはある。

少なくとも郁海は彼が嫌《きら》いではなかった。

「今はそうでもないんだ。一緒に暮らせないって理由も理解してるし、週に一度は食事してるし……けっこう可愛《かわい》がってもらってるし」

言ってから、急に気恥《きは》ずかしくなってきた、何だってあんな男を弁護するようなことを言わなくてはならないのだろうか。今までさんざん放っておかれて、挙げ句に迷惑《めいわく》までかけられて、いきなりここ数ヶ月で親バカに成り下がった男のことなんて。

前島はふーんと鼻を鳴らして、すでに冷めたコーヒーに口を付けた。

「郁海がいいんなら、いいんだろうけどさ。週一ってことは、うちの父親よりよっぽど会ってるわけだしな。そういう問題でもないんだけど」

「うちの父親も忙《いそが》しいから……今はちょっと、試験とかいろいろあってあんまり会ってないんだけど」

「ああ、ジョイフルの社長やってんだっけ？」

「え……」

郁海は大きく目を瞠《みは》り、そのまま硬直《こうちょく》した。手にしたカップがソーサーに当たり、ガチャンと大きな音を立てる。

大人びた顔が苦笑をこぼした。

「ごめん。そんなに驚《おどろ》くと思ってなかった」

「な……何で？　僕……言ってないよね……？」

「ああ、うん。言ってない。俺、クラス委員じゃん？　郁海に連絡《れんらく》するとき担任が住所見せてくれたやつに、田中弘ってあったし……」

「それだけで何で？」

珍《めずら》しい名前ではない。むしろ姓《せい》も名前も非常によくあるもので、全国に同姓同名は何人もいるはずである。

「父親が金持ちって噂《うわさ》あっただろ。マンションの住所は赤坂だし、絶対にその線だなって思って、田中弘で検索《けんさく》かけたら、その中にジョイフルの社長がいたわけ。んでもってー、知り合いにジョイフルの社員がいたから、ちょーっと聞いてみたら、社長に隠《かく》し子《ご》がいることは有名だって、いろいろ話してくれた。名前は知らないって言ってたけど、郁海とぴったりあってたんだよな」

「……」

声も出なかった。ひた隠しにしようとしていたことではないが、身構えていなかっただけに衝撃《しょうげき》は小さくなかった。

「誰にも言ってないよ。俺しか知らない。まぁ学校はもちろん知ってるだろうけどさ」

「……いつから？」

「えーと、一ヶ月くらい前かな」

最後まで言い終わらないうちに前島の携帯《けいたい》が震《ふる》えた。電話ではなくて今度はメールらしく、ちょっとごめんと断ってから指先が文字を打ち始めた。

郁海もそれを見て思いだして、映画の前に落とした電源を復活させた。

メールを打ち終えるとすぐに前島の携帯にメールが来た。どうも別の人間からしくて、もう見慣れたことながら郁海は感心してしまう。

前島にはこうやって、よく方々から連絡が入る。友達がずいぶんと多いのか、郁海と違《ちが》って携帯電話は大活躍《だいかつやく》だ。

「忙しいね」

「ああ、うん。バイト先の人とかね」

「バイト？　してんの？」

「普段《ふだん》は週末だけね。長い休みのときは、けっこう入れるけど」

言いながらも指先は止まることがない。携帯メールを使ったことがない郁海からすれば信じられないスピードだ。いまどき携帯メールもしていない……と言われるのは嫌《いや》だから、口にすることはないだろうけれど。

「聞いていい？　何のバイト？」

「や、別に普通。レンタルビデオ屋」

本当に普通で、郁海はほっとしてしまう。やはり加賀見の「バーテンダー」は高校生として普通ではないはずだった。

しかしながらアルバイトをしながらあの成績というのは無性に悔《くや》しくなってくる。頭のできが違うのだと言われればそれまでだが、つい溜《た》め息《いき》が出てしまう。これが与《あた》えられた能力の差というやつなのかもしれない。

「けっこう大きいとこでさ、バイトいっぱいいるんだよ」

「何か欲しいものあるとか？」

「いや。今は特にないなぁ。少なくとも金で買えるようなものはない。うーん……これ言うと蹴《け》られるからあんまり言わないんだけど、郁海ならいっか。バイトはさ、余った時間の有効利用なわけ」

「あ……余った時間？」

唖然《あぜん》として、郁海は前島の顔を見つめた。

進学校で学年トップの成績をキープし、運動部ではないにしても部活までしておいて、それで時間が余っていると言う。

蹴られるわけだ。

「何か腹立ってきた……」

「あ、郁海までそんなっ。いやでもほら、あの加賀見サンて人もそうだったんだよ。俺よりすごいよ」

前島はさらりと矛先《ほこさき》を加賀見のほうへと向けて、郁海を宥《なだ》めようとしている。

確かにそうだ。おそらく当時の同級生たちは理不尽《りふじん》な思いに駆《か》られて、加賀見を殴《なぐ》りたいと思ったかもしれない。

「でも加賀見さんは同級生じゃないし」

だから溜め息は出ても、理不尽だとは思わない。どんなことをしても、自分を比較《ひかく》対象にしようなどとは思えない相手なのだ。

「それはそうだけどー……。あ、その人って弁護士……だったよな？」

話をごまかそうとしてか、また加賀見のほうへと話題が向けられた。

「ジョイフルの顧問《こもん》とか？　あ、さすがにちょっと若いか」

「違うらしいけど」

「郁海って、一人暮らしって言ったよね？」

「あ……」

「郁海んとこに、朝っぱらから弁護士って来るんだ？　あ、ごめん。詮索《せんさく》しようとかじゃなくて、実は俺さ、弁護士志望なんだよね。あの人がどういう仕事してるのかって興味あってさ」

またもや固まったまま、郁海は激しく動揺《どうよう》していた。一人暮らしの郁海のところへ、朝から父親が使っている弁護士が来る理由。

思いつかなかった。どうしてもこれは無理だ。

「あの……と、隣《となり》に住んでて……」

「それって……偶然《ぐうぜん》？」

問われた瞬間《しゅんかん》、郁海の中で忘れかけていた単語が浮《う》かんできた。ここのところ、まったく意識していなかった役割だった。

そもそもの加賀見の役割はそれだった。

「加賀見さんて、僕の〈お目付役〉だからっ……」

「へぇ……ああ、そういうカンケイか」

「そ、そう」

もう一度ふーんと鼻を鳴らして、前島は黙《だま》り込んだ。彼と一緒《いっしょ》にいて、こんなに会話がなかったのは初めてだというくらいに沈黙《ちんもく》は長かった。

今のはやはり不自然だったのだろうか。加賀見が〈お目付役〉だったのは事実だが、態度が自然ではなかったせいだろうか。

頭の中でぐるぐると焦《あせ》りが渦巻《うずま》く。

だが前島はすっと話の方向を微妙《びみょう》に変えていった。

「やっぱ、誘拐《ゆうかい》の危険とかあったりすんの？　営利誘拐とかさ、ジョイフルの社長だったらありそうじゃん」

「あ、うん。ある……みたい」

可能性という言い方で肯定《こうてい》したが、実はすでに経験済みだ。教えたらきっと興味を抱《いだ》かれて、いろいろと聞かれる可能性がある。

「それで近くにああいう人を置いたのか」

「た、たぶん……」

実際は加賀見が勝手に越《こ》してきたのだが、それも黙っていることにした。

「それで、郁海は……」

言いかけたところでまた携帯が鳴った。今度の曲はまた違っていて、前島は液晶《えきしよう》をじっと見つめた末に通話ボタンを押した。

「はい。ああ……うーん……ちょっと無理かなぁ。うん、ごめんね。またこっちから電話するから。じゃあね」

言い方がひどく優《やさ》しげで、郁海は目を丸くしてしまった。いや、優しいというより、むしろ甘ったるい感じだった。

相手は女だ。この手のことに鈍《にぶ》い郁海でもピンときた。

「彼女？」

「え？　や……彼女っていうか……元カノかな」

「ずっと付き合いあるんだ？」

「まぁ、ちょこちょこと……」

前島は言葉を濁《にご》して笑顔《えがお》を見せる。

これ以上は突《つ》っ込んじゃいけないエリアだ。前島が郁海に対してラインを踏《ふ》み越えまいとしてくれているのだから、郁海だってそれをしてはいけない。

「これからどうする？　まだ時間いいだろ？」

「うん」

「ゲーセンでも行く？　って、行ったことある？」

「……ない」

「うわ、マジでないんだ。いや、郁海だったらありかなとは思ったけど、まさか本当にないとは……」

感心しているのかバカにしているのかわからない口調に、郁海がムッと口を尖《とが》らせる。ゲームセンターに行かないくらいで、珍獣《ちんじゅう》を見るような目で見ることもないだろうに。単に昔は近くになかったから行けなくて、東京に来てからは遊んでいる余裕《よゆう》がなかったから行かなかったというだけだ。

しきりに感心する前島をキッと見上げれば、それを遮《さえぎ》るようにしてぽんぽんと頭を軽く撫《な》でられた。

「よしよし。それではワタクシめがお連れしてさしあげようかな。いつも行っているとこでいい？　変なとこ入って、トラブったりしたくないし。ガラ悪いのいたら嫌だろ？」

「う、うん」

何だかよくわからないが、前島が避《さ》けたいという場所には郁海だって行きたくない。安心して遊びたかった。

それからすぐに店を出ると、前島の提案によって彼のバイト先に近いゲームセンターへと向かった。

少しマンションに近くなる界隈《かいわい》にある店はそう大きくないが、二階建てで、前島曰《いわ》く機械が新しくていいのだそうだ。初めての郁海には関係ないことではあったが、客層に小学生がいる雰囲気《ふんいき》の中で遊べるのは確かに安心できた。

「……小学生にヘタクソって言われた……」

事実とは言え、容赦《ようしゃ》のない子供の言いぐさには参ってしまう。落ち込むとかショックを受けるというわけではないが、軽く凹《へこ》んでいるのは否定できない。

思ったことをストレートに言えてしまうのは子供の特権だろうか。個人差はあるだろうが、子供という生き物がそうだとしたら、郁海はきっともうその域からは脱《だつ》しているのだ。だからといって大人だと言い切る自信は微塵《みじん》もない。

ふっと溜め息をついていると、それを「ヘタクソ」の後遺症《こういしょう》だと誤解した前島は、「まぁまぁ」とか何とか言いながら、宥めるようにしてまた頭を撫でた。

考えるより先に、郁海はさっと頭を振《ふ》った。

加賀見に撫でられるのとは別の意味でこれは面白《おもしろ》くない。加賀見は恋人《こいびと》だから嫌《いや》で、前島は同じ年だから嫌なのだ。

前島は何も言わずに両手を上げ、冗談《じょうだん》めかして降参のポーズを取る。もうしないよ、という意思表示のようだった。口で言わないのは、謝れば郁海が逆に謝り返すのがわかっているからだ。こういうところが前島は嫌味《いやみ》なくらいできている。

彼はそれからすぐに別のゲーム機に百円を入れた。郁海は斜《なな》め後ろからそれをぼんやりと眺《なが》めていた。

（ダメだなぁ……）

どうして露骨《ろこつ》に反応《はんのう》してしまうのだろうか。あれくらい、黙ってさせていればいいと自分でも思うのに、身体《からだ》がとっさに嫌がってしまうのだ。

溜め息をつくのを堪《こら》えてゲームを見ているうちに、お手本だと豪語《ごうご》していた前島はあっけなくゲームオーバーになってしまった。

「や、失敗失敗」

バツが悪そうに振り返った前島は、何かに気づいた様子で郁海の遥《はる》か後ろのほうに視線を流した。

「おー、前島じゃん」

聞き慣れない声に郁海も振り返った。

声をかけてきたのは一見して大学生ふうで、金髪《きんぱつ》に近い茶髪《ちゃぱつ》を整髪《せいはつ》料で立てた男だ。耳にはピアスがぶら下がっている。

はっきり言えば、郁海が見た目だけで遠慮《えんりょ》してしまうタイプだった。

「どうも」

前島は立ち上がってぺこりと頭を下げた。それから郁海を見て、バイト先の先輩《せんぱい》だと小声で教えてくれた。

金髪頭は前島から郁海に視線を移して、不躾《ぶしつけ》なほどじろじろと眺め回してきた。あまり気持ちのいいものではなくて、知らず不快そうな表情になってしまう。

「ふーん、デート？　年下連れてるなんて珍《めずら》しいじゃん」

「はっ……？」

「あははは。ダメですよ、そういう冗談は通じないんです、こいつ」

笑い飛ばす前島に、郁海の感情は怒《いか》りになる遥か前で萎《しぼ》んでいった。そうだ、ここでまともに受け取って感情的になってはいけない。前島のように笑うくらいの余裕と許容量がなくてはだめなのだ。

そう思いながらもやはり笑うことはできなくて、郁海は下を向いていた。それをわざわざ追ってまで下から覗《のぞ》き込んで、金髪頭はふーんと鼻を鳴らした。

「メチャメチャ可愛《かわい》いなぁ。今度はどこで引っかけてきたのよ？」

「いや、だからそんなんじゃなくって友達ですって」

「友達まで顔かぁ？　お前、いい加減にしろよ。ほんと面食いだな」

「やだなぁ、何言ってんですか」

笑顔を浮《う》かべつつも、妙《みょう》に前島が焦《あせ》っているように見えるのは郁海の気のせいだろうか。そう思って考えると、さっきからこの金髪頭はいろいろと引っかかることを口走っている。年下を連れているのが珍しいとか、今度はどこで引っかけたのだとか、友達まで面食いだ……とか。総合して考えれば、要するに、前島はいつもは同じ年頃《としごろ》か年上の相手を連れていて、そういう相手はどこかで引っかけてきていて、しかも顔はよくて……。

「同級生ですよ。まぁ、可愛いのは確かですけど」

「じゃ、頭いいんだ。ああ、そうか、試験終わったんだよな？」

途端《とたん》に金髪頭は、にやりと意味ありげに笑った。よからぬことを考えているのは、初対面の郁海にでもわかった。

「今日さ、四時からバイト入ってんだよな」

四時と言えば、あと三十分もない。要するに、彼はこれからアルバイト先へ行くところだったわけだ。

「はぁ」

「急で悪いんだけど、代わって？」

「えっ！　でも、俺……っ」

「実は部屋に彼女置いてきてんだよ。ほんとは行きたくないとこなわけよ。デートならさすがにやばいけど、友達ならいいかなーと」

それからちらりと金髪頭の視線は郁海に移り、すぐに前島に戻《もど》っていった。そしてちょいちょいと指先で前島を呼ぶと、少し離《はな》れたところで声をひそめて話し出した。

「俺の知ってること教えてやったら、可愛いお友達はびっくりすんだろうなぁ。いかにも真面《まじ》目《め》そうだし、何だかケッペキそうだしさ」

「ちょっ……それは卑怯《ひきよう》ですよ」

「落とす前に、友達やめられちゃうかもな」

「……バレました？」

「うん」

そう離れてはいないのだが、郁海にまではっきりとした会話は聞こえてこない。ところどころ聞き取れる単語もないではないが、全体となるとさっぱりだった。

まさか自分のことを話されているなどとは思わず、交渉《こうしよう》が続けられているものと信じて見つめているうちに、これは前島が負けそうだと判断した。とても断れるとは思えない雰囲気になってきたのだ。

やがて前島は大きな溜《た》め息《いき》をついた。

「わかりました」

それは普通《ふつう》の声だったから、郁海にも聞こえた。

渋々《しぶしぶ》と答えた前島はそれからすぐに戻ってきて、すまなそうに言った。

「ごめん。バイト代わることになっちゃったからさ」

謝りながら金髪頭に向けた視線は、諦《あきら》めと恨《うら》みがましさの入り交じったものだった。ストレートに文句を言えないあたりが力関係とでも言おうか。

しかしながら前島がこんなふうに弱い立場だということが郁海にとっては不思議だった。自分の知らないところで交《か》わされたやりとりなど郁海が知るよしもなかった。

問題の彼は郁海に向かって「ごめんねー」などと笑いかけながら帰って行った。詫《わ》びを入れている割にはちっとも悪びれたところがない。

彼がいなくなってしまうと、前島は今度ははっきりとした声で謝った。

「いいよ、先輩の頼《たの》みじゃ断りにくいだろうし」

アルバイトをしたことがない郁海にだってそのくらいのことはわかる。下手に断ったりしたら、後々がやりにくくなることもあるのだろう。

「や、ほんとごめん。やっぱ知り合いに会いそうなとこは避《さ》ければよかったなぁ……。今度、邪魔《じゃま》入らないとこで遊ぼうな」

「うん」

どちらからともなくゲームセンターを出たところで、前島は駅のほうへと足を向けた。店に入るときに、彼がバイト先だと言って指差したのは駅とは逆方向に二百メートルほど行ったあたりの、目立つ色のビルだったのだ。

「前島、あっちじゃ……？」

「駅まで送ってくよ」

「いいよ。別にわざわざ戻ることないって。すぐそこだし、いくら何でも迷ったりしないよ」

何しろ駅はすぐそこだ。この場所からはガードしか見えないが一本道だ。

「そっか。うん……それじゃ気をつけて」

残念そうな前島が妙に犬っぽくて、郁海は思わず笑いそうになってしまった。自分で連れてきて途中《とちゅう》でダメになったから責任を感じているのだろう。

気にしてないよ、という意味を込めて郁海は笑った。

「電話するから」

「マジ？」

尻尾《しっぽ》がピンと立ったのが見えた気がした。こんな簡単なことで喜んでくれるのかと、新鮮《しんせん》な驚《おどろ》きもあった。

「もう一つ見たい映画あるし」

「おー、行こう行こう。あ、それじゃ次のときまで、これ貸しとくわ」

差し出されたのは前島がついさっき買ったCDだった。デッキが壊《こわ》れていると言いながら、それでもとりあえず買ったのである。

「でも、まだ前島が聞いてないのに……」

「どうせ俺は聞けないからいいよ」

笑顔《えがお》で押し切られて、郁海は結局CDをバッグに入れた。

「ありがと。それじゃまた」

そう言って別れて、十数メートル歩いたところで何気なく振《ふ》りかえると、まだ前島はさっきと同じ場所に立ってこちらを見ていた。

何だか気恥《きは》ずかしくなってしまって、郁海は早く行けというように手を振ると、駅に向かって走り出した。

いつ前島がこちらを見るのをやめて背中を向けたのかはわからなかった。


予定よりも早く身体《からだ》が空いてしまった。遅《おそ》くなるつもりはないようなことを言いながらも、実はそれを予定に入れていた郁海にとっては、正直なところ少しばかり拍子抜《ひょうしぬ》けだった。

駅の券売機の前で、どうしようかと路線図を見上げる。

家に帰って早めに食事のしたくをしてしまおうか。それとも気の向くままに、そのあたりをふらふらしてみようか。

「あ……そうだ」

どうせならば、加賀見を迎《むか》えに言ってしまおう。住所も電話番号も持っているし、探すのは難しくないだろう。まだ一度も加賀見の事務所というのを見たことはないし、窓からマンションの郁海の部屋が見えるというのはとても興味があった。

急に訪ねていくことについても、どうせいつも来客などないと聞いたから問題はないような気がする。もし不在だったり、邪魔そうだったらそのまま帰ればいいだけだ。

にわかに楽しくなってくる。手ぶらで行くのも何だから、途中で何か差し入れになりそうなものを買っていこう。

加賀見を驚かせたいから、あえて電話はすまいと決めた。

郁海は券売機で切符《きっぷ》を買いながら、妙《みょう》にうきうきしている自分に気がついた。

6

「やっぱりそうか」

相原は肩《かた》を震《ふる》わせながら、それでも目はしっかりと加賀見に向けたまま言った。それはつまり、ほんのわずかであっても相手の表情の変化を見逃《みのが》すまいとしているのだった。

とうとう加賀見の十代の頃《ころ》の所業がバレたので、その後の顚末《てんまつ》を相原は聞きたがった。それはもう朝からずっとだった。そしてここへ来てようやく互《たが》いにゆっくりと話す時間ができたので正直に伝えたらこの反応である。

「いいなぁ、ユニークで。そうか、加賀見英志は『昔グレてた悪徳弁護士』なんだ。それはいいねぇ」

ひどく楽しそうだ。

加賀見は作り置きのコーヒーをカップに注いで、一人で面白がる男を振り返る。

「でも、それでいいって言ってくれるわけだろう？」

「おかげさまで。あんまり可愛《かわい》くて、どうしていいのかわからないくらいだがね」

「ああ、そう。それはようございましたこと」

今度は面白くなさそうな顔である。要は他人の幸せなどつまらない、ということなのだろうが、だからと言ってこの相原という男は誰《だれ》かの不幸を蜜《みつ》の味だと感じる人間ではない。ささやかで笑える程度のことが大好きなのだ。

「で？　可愛い可愛いシュガーちゃんは今日はどちらへ？」

「友達と映画だそうだ」

「今の学校の？」

「ああ」

「へぇ、余裕《よゆう》できたんだ？」

たぶん、と答えて加賀見は時計を見やる。もうとっくに映画も食事も済ませて、どこかで遊んでいることだろう。

「心配？」

「なヤツが約一名」

「友達の中に？」

「一番仲がいいヤツなんだろうな。というより、具体的に名前が出てくるクラスメイトは他にいないもんでね」

だいたいの人となりは郁海から聞いた話で摑《つか》んでいたつもりだが、実際に会うとやはり微妙《びみょう》に印象は変わってくる。

あれはもっと食えない人間だ。

「例の委員長？」

「そう」

「へえええええ。これは驚いた。加賀見ともあろう男が、たかがクラスメイトを気にしちゃうわけだ。恋愛《れんあい》ってのは偉大《いだい》なんだねぇ」

おそらく今までの中で最大限に楽しそうな顔と声音《こわね》だった。他に人生の楽しみはないのか、と突《つ》っ込んでやりたくなる様子である。

言いたくはなかったが、むやみやたらと嫉妬《しっと》を撒《ま》き散らす男だと思われるのも癪《しゃく》で、加賀見は補足説明をした。

「今朝、遅刻《ちこく》しそうだと言うんで送ったときに、会ったと言うか……目があった。もちろん初対面だ。あれは郁海に気があるね」

「ほほーう。ライバル出現、ですか」

「冗談《じょうだん》だろう？」

誰がライバルでなどあるものか。いくら高校生にしては多少できた男だろうと、郁海が気を許している相手だろうと、いちいち目くじらを立てるほどではない。心配なのは向こうが無理をしてくる場合だけだ。

「嫌《いや》だねぇ、自信たっぷり」

「あの子はそんなに移り気じゃないし、友情と愛情をはき違《ちが》えるほど子供でもないんでね」

面白くないという気持ちがあるのは黙《だま》っていることにした。そんなことを相原に言おうものならば、一生ネタにされるのがオチだ。

そして郁海の前でもこれを晒《さら》す気はない。友達付き合いにまで干渉《かんしょう》して、信用されていないと思わせるのは本意ではないし、そもそも本人がまったく相手の下心に気づいていない以上、余計な先入観は与《あた》えたくない。

仮に郁海が、加賀見に嫉妬させたいと少しでも思っているならば、見せることもやぶさかではないのだが……。

「さて、楽しい話も聞けたことだし、そろそろ戻《もど》ろうかな。そっちも時間だろう?」

「ああ」

もうすぐ珍《めずら》しくもここに客がやって来る。これも仕事のこと……と言うよりは、その事後処理に近いものだ。

わざわざ来なくてもいいのに……と思わずにはいられない。加賀見はただ頼《たの》まれたことをやっただけだし、十分な謝礼はすでに報酬《ほうしゅう》としてもらっているのだ。こうバカ丁寧《ていねい》に足を運んで感謝を示されるとかえって戸惑《とまど》ってしまう。

そんな心情を読みとったか、相原は「まぁまぁ」と笑って見せた。

「付き合ってやってよ。あの人たち、心底感激してるみたいだから。それに付き合って損はないよ? 財力は田中氏とは比べものにならないけど、あっちは旧家の格ってものがある」

「私には関係ないよ」

「興味がない、だろう？　まぁ、どっちでもいいけど」

相原の声にノックの音が重なった。

時間通りだ。静かにドアが開いて、一組の母子が丁寧に頭を下げてきた。母親は五十代前半だが年よりずいぶんと若く見え、二十代後半であるはずの息子《むすこ》のほうもやはり若く見え、そしていかにも頼《たよ》りなげだった。どちらも物腰《ものごし》が柔《やわ》らかく、一見して人のよさそうだとわかる、別の言い方をすればとても騙《だま》されやすそうな顔をしていた。

「突然《とつぜん》、申し訳ありません」

「いいえ。こちらこそ、わざわざ出向かせてしまって……」

穏《おだ》やかに笑みを浮《う》かべながら客を出迎《でむか》える。

客は相原に目をやると、こちらにも丁寧に挨拶《あいさつ》をした。もともと相原の紹介《しょうかい》で加賀見のところに来た依頼人《いらいにん》だった。

「じゃあ、戻るよ。失礼します」

最初のは加賀見に、そして後のは客に言って、相原はきちんと事務所の出入り口のドアから通路へ出ていった。いつもは中で繋《つな》がっているドアで行き来しているのだが、ここは客の手前というわけだ。

「その節は大変お世話になりまして、ありがとうございました。加賀見先生にはもう何とお礼を申し上げていいやら……」

で、始まる長い賛辞と謝礼の言葉を、加賀見は半ば苦行にも近い思いを抱《だ》きながら、それでも笑顔で聞いていた。

事務所の入っているビルは、郁海が思っていたよりもずっと大きくて、しかも一等地に建っていた。間口は広いし、奥行きも結構あるようで、いろいろな店や会社がテナントとして入っている。店と言っても販売店《はんばい》ではなく、高そうなマッサージ店やエステティックサロンといった類《たぐい》のものである。

駅からは三分。幹線道路沿いで、ちょっと歩いたところには某国《ぼうこく》大使館もあった。

「高そ……」

こんなところの家賃がいくらするものか、郁海には想像もできないが、安くはないはずだ。

緊張《きんちょう》しながらビルに入り、エレベーターの前に立つ。フロアによっては四つ事務所だか会社が入っているところもあるから、やはりそれなりに広いのだ。

最上階の十一階が郁海の目的地である。

（こんなとこの最上階って……）

考えているうちに自然と眉間《みけん》に皺《しわ》が寄ってくる。やはりどう考えても、加賀見はまともな弁護士ではないと思った。本人は悪徳じゃない……なんて言っているが、あの年で普通《ふつう》にしていてこんな場所に事務所を構えられるはずがなかった。

ビルで働いている人たちと一緒《いっしょ》にエレベーターに乗り込んだ。同乗したのは制服を身に着けた女性やスーツ姿の中年男性で、明らかに郁海は場違《ばちが》いだった。このビルには高校生が来るような店は入っていないのだ。

視線を気にしながら郁海は十一階のボタンを押した。

途端《とたん》に視線が強くなった気がした。こんな子供が弁護士に、あるいは税理士に何の用かと不思議に思ったのかもしれない。

次々と下層階で人が降りていき、最後は一人になった。十一階で降りて、迷わず法律事務所の前に立つ。扉《とびら》は磨《す》りガラスが嵌《は》め込んであるようなものではなく、とても入りづらい印象だった。もっとも加賀見は客が来ないことを前提にしてるのだから、それでいいのかもしれない。その点、相原の事務所は入りやすそうだった。色の付いたガラスの扉に、事務所の名前が書いてあるのだ。パーテーションで奥までは見えないようになっているが、こちらのほうがずっと扉を開けやすい。

どうしようかと思っていると、目の前でドアノブが回った。

郁海は慌《あわ》てて扉から離《はな》れ、開いた扉の陰《かげ》に隠《かく》れるような形になった。バタンと重そうな扉が閉まってから、出てきたのが誰《だれ》かを知った。

相原だった。

彼は郁海を認めると、ぎょっとした様子で無言のまま目を剝《む》いた。時間にしたら五、六秒、彼はそのままでいた。

「……どうしたの」

呟《つぶや》くように問われたので、郁海も同じような声の大きさで答えた。

「友達が急に用事ができちゃって」

「ああ……なるほど。ええと……とりあえずこっちにおいで。加賀見のところにはお客が来てるからね」

相原は声をひそめたまま郁海においでおいでをし、透明《とうめい》な扉を押し開けると、郁海を先に中へと通した。

「こっちもお客さん。友実《ゆみ》ちゃん、お茶いれて」

「はぁ？」

女性の声が返ってくる。パーテーションを回り込むとすぐにその姿は明らかになって、互《たが》いに対面することになった。

友実と呼ばれた女性は二十代半ばくらいで、柔らかな雰囲気《ふんいき》の美人だった。相原の母方の従《いと》妹《こ》だということだが、特に似てはいない。パステルブルーのお嬢《じょう》さんぽいスーツがよく似合っている。

「あ……わかった。郁海くんだ。はじめまして、梨本友実《なしもと》です。お噂《うわさ》はかねがね」

語尾《ごび》にハートマークでも付きそうな勢いで挨拶されて、郁海も慌ててぺこりと頭を下げた。

どうやら郁海の知らないところで話題に上っていることがあるようだ。

「どうしたの？」

「遊びに行った友達に急用ができて暇《ひま》になっちゃったんだって。あっちは来客中だから、こっちに連れ込んじゃったよ。あ、そのへん座ってて」

相原に示されたのは来客用らしき応接セットだ。座って待っているうちに向かいに相原がやってきて、にこにこと笑った。

「映画は面白かった？」

「あ、はい」

加賀見はどこまで相原に話して聞かせているのだろうか。今日は映画だったことも言ったくらいだから、当然遅刻《ちこく》しそうだったことも教えてしまったのだろう。だがそれについては何も触《ふ》れず、相原は友実からコーヒーを受け取っていた。

中は想像していたほど広くない。どうやら上のほうの階は少しずつ面積を少なく取っているらしく、下層階にはなかったバルコニーが窓の外には見えていた。もっともそれにしたって高いことにはかわりあるまい。

「すぐに済むと思うよ」

「え？」

「あっち」

と言いながら会議室と銘打《めいう》った部屋を指差した。あの部屋の向こうに、加賀見の事務所はあるわけだ。

いい加減な造りだと思わずにはいられなかった。

「さすがに声とかは聞こえないんですね」

「そんなに安普請《やすぶしん》じゃないよ」

「ですよね」

床《ゆか》の材質だとか、壁《かべ》だとか窓の取り方だとか、どれを取っても安っぽくはなくて、家賃はいくらなんだろうかとまた気になってしまった。

「あ……そうだ。これ、どうぞ」

買ってきた焼き菓子《がし》をテーブルに置くと、相原は苦笑をこぼした。

「気を遣《つか》う子だねぇ……いいのに。せっかくだからいただくけど……。友実ちゃん」

「はーい」

友実は箱ごと菓子を持っていき、適当に取り分けてまたテーブルに戻《もど》しに来た。白い皿に盛られると、高級そうに見えた。

「えっと……お客さんて、珍《めずら》しいんじゃないですか？」

「でも仕事のことじゃないから。ああ、つまり、仕事自体はもう終わってるんだよ。郁海くんも知ってるだろう？　ほら、遺産相続でごたごたしてた家の……」

「あ、はい。あれって終わったんですか？」

簡単に状況《じょうきょう》は聞いたが、それはまだ途中《とちゅう》経過でしかなく、その後は加賀見が何も言ってくれないから郁海はもう終わっていたことも知らなかった。

「無事に解決。今日はお礼にどうしても……って、見えてるんだよ」

「わざわざ？」

「そう、わざわざ。先方がもう加賀見に惚《ほ》れ込んじゃってるというか……ああ、純粋《じゅんすい》に尊敬って意味だけど。心酔《しんすい》って言ったほうがいいのかな」

郁海はきょとんとして相原の言葉に耳を傾《かたむ》ける。

「加賀見さんを……？」

「あの人たちが抱《かか》えてたごたごたを、綺麗《きれい》に解決してあげたもんだからね。金の問題だけじゃないよ。駐車場《ちゅうしゃ》になってた土地を売却《ばいきゃく》するのに地上げ屋みたいなことまでやって、不動産屋は立ち退《の》きに半年かかるって言ったのを一ヶ月で終わらせたりとか、坪《つぼ》六十万で買い叩《たた》かれそうだった辺鄙《へんぴ》な土地を八十万で買わせたりとか……」

「……地上げ……」

イメージの悪い言葉だった。ちゃんとした仕事はしていないとわかっていても、インパクトのある言葉を突《つ》きつけられるとショックも大きい。

だが目に表れた動揺《どうよう》を察したように、相原は慌てて言い直した。

「あっ、今のはちょっと言葉が悪かった。ちゃんとした交渉《こうしょう》だよ？　別の駐車場の世話までしたし、もちろんトラブルなんてなくて、八方丸く収まってるしね。ほんとに、今のは言葉として適切じゃなかったね」

相原は何度も何度もフォローをした。要するに、話し合いで納得《なっとく》してもらった上で立ち退いてもらったということらしい。

「それとバカな異母兄のほうをおとなしくさせたってのもある。まぁ、これは君も無関係ではないかな」

「え？」

意味がわからない。だいたい郁海は加賀見の仕事にはまったく無関係で、それどころか具体的に何をしているのかを知らないくらいなのだ。知ってるのは、依頼《いらい》者の異母兄というのが加賀見を邪魔《じゃま》に思うあまり、稚拙《ちせつ》な嫌《いや》がらせを繰《く》り返していたということだけだ。

怪訝《けげん》そうな顔をしていると、相原はさらに説明してくれた。

「この間の誘拐《ゆうかい》のときにちょっと探《さぐ》り入れたんだけど、そのときにきつーく釘刺《くぎさ》してきたらしいんだ。それ以来、おとなしいみたいだね」

「そうなんですか……」

「おかげであちらさんが大感謝で、もう大変」

相原はひどく楽しそうに笑った。それはけっして加賀見への信頼《しんらい》を喜んでいるものではなく、過剰《かじょう》な好意に戸惑《とまど》うのを喜んでいるのだった。

一方で頷《うなず》いてばかりだった友実は心底感心した様子だった。

「すごいのよねぇ。他人をあそこまで信用できるものか……ってくらいだもの」

「そんなに？」

「だって、権利書と実印を加賀見さんに預けるから、いいようにお願いします……みたいな姿勢なんだって。ね？」

「そうらしいよ」

苦笑まじりに相原は頷く。どうやらこれは前から加賀見に対して依頼人の親子が言っていることらしかった。

具体的にはわからない郁海だが、それを他人に預けるというのが普通《ふつう》じゃないのはわかる。そのまま悪用されることも有り得るのだ。

「加賀見さんはどうしたんですか？」

「さすがに諫《いさ》めたらしいけどね。簡単に他人に預けてはいけません……て。わざわざそういうことを言って聞かせないといけない親子なんだよ。世間知らずっていうか、人がいいっていうか……」

「はぁ……」

「盲目《もうもく》的に信用されちゃってるんだよ。加賀見の言うことだったら疑いもなく何でもしちゃいそうな感じでね。その気になったら騙《だま》し放題。というより、あの人たちは騙されてても気づかないんだろうなぁ……」

「おっとりした人たちみたいよね」

友実は言いながら肩《かた》を竦《すく》めた。彼女もお嬢《じょう》さんぽいが、まったく理解できないというふうである。あるいは金持ちの桁《けた》が違《ちが》うのかもしれない。

「やっぱりあれかな、生まれたときから当たり前に金があると、ガッガッしたところがなくなっちゃうのかもね。ま、人によるだろうけど」

だいたいどういう親子なのかが摑《つか》めてくる。きっと金は黙《だま》っていても入ってくるもの……という感覚で、他人と競争したり蹴《け》落《お》としたりということとは無縁《むえん》に生きてきたのだ。前の学校でたまに見かけたタイプだった。

「何ていうか、すっかり加賀見の信者だよ」

「そんなにすごいんですか？」

「まぁね。あいつは昔からそういうところがあるんだな。妙《みょう》に人を引きつけるっていうか。おかげで加賀見の頼《たの》みなら無理して何とかするって連中が多い多い」

あれは真似《まね》ができない、と相原は呆《あき》れたように笑った。

不思議な気分だった。郁海が知る加賀見とは同じようでいて、やはり違う。だいたい郁海の認識する加賀見という弁護士は、お世辞にもまともな仕事をしているとは言えなくて、たとえばそんな人のいい依頼者に感謝されるようなことはしていないはずだ。

少しだけ混乱する。もしかしたら、郁海が思っていたほど変な仕事ばかりしているわけではないのだろうか。

「ちゃんとした仕事……なんですよね」

「まぁ、弁護士の仕事としては大きくはみ出しているというか……普通はあんなことまでしないと思うけどね。僕の知人だから、よくしてくれたみたい」

「そっか……悪いことばっかしてるから、こういうところに事務所持てたり、マンションをぽんと買ったりできるっていうわけじゃなかったんですね」

真剣《しんけん》な面持《おもも》ちでそう呟《つぶや》くと、相原は興味深げに郁海を見つめ、友実は虚《きょ》を衝《つ》かれたように目を瞠《みは》って、どちらもしばらく口を開かなかった。

沈黙《ちんもく》を破ったのは相原だった。

「そういう認識か」

なるほど、と大きく頷く。事務机のところからは友実が複雑そうな顔で、郁海と相原を交互《こうご》に見つめていた。

「加賀見はやっぱり何も言ってないんだ?」

「何を……ですか?」

「このビル、加賀見のだよ」

「はい?」

とっさに何を言われたのかわからなくて、郁海はゆっくりと言葉を自分の中で咀嚼《そしやく》する。このビルというのは、今こうして自分がいるビルのことだ。こんなに広くて、テナントもたくさん入っていて、都心の一等地にあるビルである。

「加賀見の母親の実家ってね、相当な金持ちだったんだよ。要するに地主。まぁ代替《だいが》わりしていくうちに、どんどん減っていったみたいだけど、ここだけでも十分だよねぇ。隣《となり》にいる依頼者も要は地主なんだけど、あからさまにタイプが違うな」

「はぁ……」

「加賀見は黙って家賃収入を待ってる人間じゃないから。経営努力もするし、増やすしね。おかげで僕も安くこんなところに事務所構えていられる」

友人割引というところだろうか。これでようやく納得《なつとく》できた。加賀見はともかく、相原は一体どんな仕事をしているのか不安だったのだが、事情がわかれば何ということもなかった。もっとも加賀見がビルの持ち主だというのは驚《おどろ》きだったけれども。

ふいに電話がかかってきて、郁海の思考は中断させられる。直後に友実の声がした。

「はい、加賀見法律事務所でございます」

先ほどまでとは明らかに声のトーンが違う。営業用らしい。手にしているのは子機で、向こうの電話だった。彼女は両方の事務所の電話を取っていると聞いていたが、間違えたりはしないのだろうか。

「申し訳ございません。ただいま来客中ですので、折り返しこちらからご連絡《れんらく》させていただきます。ご伝言があれば承りますが……」

友実はメモを取りながら、ちらりと郁海の顔を見やった。

その意味が郁海にはわからなかったが、相原はピンときたようだった。

「田中社長？」

小声で聞くと、友実は頷いた。その彼女に向かって相原は黙って手を差し出す。

「はい、確かにお伝えいたします。あ、少々お待ちくださいますか」

保留にすることもなく友実は電話を持ってこちらにやって来た。子機を相原に差し出そうとすると、流れるようにその手がすっと郁海のほうへと向けられる。意図を察して、友実はにっこりと郁海に話し掛《か》けた。

「お父さんよ」

「え、でも……っ」

いきなり話せと言われても困る。それは遠慮《えんりょ》ではなく本心なのに、友実は笑顔のまま子機を郁海に差し出した。

これが加賀見だったら絶対に拒否《きょひ》した。相原でも無視しただろう。しかし初対面の、どこまで事情を知っているかわからない相手ともなると、そうもいかない。彼女は相原に言われるまま、父子に話をさせてあげようとしているだけなのだ。

仕方なく郁海は子機を受け取った。これだって友実は、単に照れているとでも思ったかもしれない。

「もしもし……」

『郁海？』

「あ、うん。ちょっとこっちに来てて……今は相原さんのところなんですけど」

向こうには客がいるからと言おうとして、それはすでに友実が伝えていたなと思い出す。少し動揺《どうよう》しているのかもしれない。

人前で父親と電話するというのはやけに照れくさかった。加賀見だと気にならないのは慣れだろうか。

『ちょうどいい。電話をしようとしていたところなんだよ』

「何ですか？」

『週末に食事をしよう。久しぶりにね』

「……それって……」

『全部清算した。これで資格はできたはずだ』

電話の向こうの笑顔《えがお》が見える気がした。

ここしばらく郁海は田中と食事をしていなかった。以前は週に一度、土曜日にほぼ欠かさず夕食を取っていたのだが、田中の所業に腹を立てた郁海が、「すべての浮気《うわき》相手と手を切るまで付き合わない」と言ったので、中止になっていたのである。何しろ田中の女癖《おんなぐせ》の悪さはひどかった。妻の蓉子《ようこ》が怒《おこ》って帰ってこないのも、元秘書が憤《いきどお》りのあまりの暴挙に出ても、郁海はむしろ当然のことだと思っている。自分に矛先《ほこさき》が向いても彼女たちを恨《うら》む気になれないのは、そもそも悪いのが田中だと知っているからだった。断じて加賀見が言うように、フェミニストなどではない。

「本当なんですね？」

『嘘《うそ》は言わないよ』

「……わかりました。でも、あっちの約束は三ヶ月以上ですから。食事だけですよ」

『わかっているよ。三ヶ月だね』

何でこんなに楽しそうなんだろうか。たかだか呼び方一つのために、あのどうしようもない男が生活態度を改めるなんて信じられなかった。そして、三ヶ月も身綺麗《みぎれい》でいられるわけがないとも思っていた。

『また電話する。相原くんによろしく言っておいてくれるかい』

「はい。それじゃ」

電話を切って、郁海は大きな息をつく。

にやにやと笑っている相原に気づいて、軽く睨《にら》み付けてやるが、ますます笑うだけで効果はまったくなかった。

「一緒《いっしょ》にご飯食べようよ……って？」

「……そうです」

「相変わらずみたいだねぇ。父性愛に目覚めるのが遅《おそ》いと、加減がわからなくて突《つ》っ走《ぱし》っちゃうのかな。溺愛《できあい》だそうじゃないか」

「そんなんじゃないです。僕が邪険《じゃけん》にするから、ちょっとムキになってるだけですよ。子供みたいな人だから……」

郁海が父親なんて要らないという姿勢を取ったり、加賀見に取られたりしたものだから、急に焦《あせ》っているだけだ。興味のなかったオモチャが他人のものになったら、途端《とたん》に惜《お》しくなるようなものである。

だがそう認識しているのは郁海だけだった。加賀見と、元秘書の女性もそうではないと言っていた。

本当だったら、少し嬉《うれ》しい。絶対に田中には言ってやらないけれども……。

「確かに子供みたいなところはあるけど、別にそれだけじゃないと思うよ？　十六年分を取り戻《もど》そうとしてるんじゃないかな。でもやり方がよくわからないんだよ」

何しろビギナーパパだから、と相原は笑う。

やり方がわからないというのは事実だろう。不器用というよりも、的が外れていると言ったほうがいいかもしれない。

「女性と手を切って、それが三ヶ月続いたら『お父さん』て呼んであげることになってるんだよね？」

「……そうです」

「何か可愛《かわい》い」

友実は声を弾《はず》ませた。

なるほど、と納得してしまう。こういうところが女性受けしてしまうのだろうか。仕事は文句なくできるそうだから、そういう切れ者の部分を裏切るプライベートのだらしなさだとか子供っぽさが、母性本能というやつに訴《うった》えかけるのかもしれない。

「でも本当に手を切ったかどうかなんて、僕からじゃわからないですよ」

「まぁね。でも信用していいんじゃないかな。聞いた話だけど、秘書は一人しかつけていないそうだよ」

意外な話だった。田中は実務をする有能な秘書の他に、愛人を兼《か》ねた綺麗《きれい》どころをいつもそばに置いていたのだ。

「僕は三ヶ月持つだろうって思ってるよ。加賀見に賭《か》けようかって言ったら、賭《かけ》にならないって言われた。たぶん、あと三ヶ月したら君は田中氏を『お父さん』って呼ぶことになると思うから、今から心の準備しておいたほうがいいよ」

相原はひどく楽しそうだった。よその親子関係の何がそんなに面白いものか、さっぱり理解できない。

郁海は嘆息《たんそく》して、壁《かべ》の時計に目をやった。

「お気を付けて」

客を送り出して扉《とびら》を閉めて、加賀見は大きく溜《た》め息《いき》をつく。

妙《みょう》に疲《つか》れた。小一時間ほど話しただけだし、内容も大したことはなかったというのに、精神的な疲労《ひろう》はかなりのものだ。これならば海千山千の企業家《きぎょうか》と駆《か》け引きをしているほうがずっとマシだ。

あそこまで信用されると居心地《いごこち》が悪い。騙《だま》す気もないし、これからも見ていってほしいと望まれれば拒《こば》みはしないが、正直なところ個人的に関わり合いにはなりたくない。

もちろん悪い人たちではない。むしろよすぎて厄介《やっかい》だった。

加賀見は事務所の扉に鍵《かぎ》をして、相原の事務所のほうへと向かった。間にある会議室という名目の部屋を通り、二つ目のドアを開けて、そのまま加賀見は一瞬《いっしゅん》動きを止めた。

「郁海……」

いるはずのない人間が、ソファに座っていた。

「お疲れさん。驚《おどろ》いたろ」

相原はにやにやと人の悪そうな笑《え》みを浮《う》かべた。友実は加賀見のためにてきぱきとお茶の用意をしている。

そして郁海は嬉しそうな顔をして加賀見を見つめていた。

「前島が急用で帰っちゃったんです」

「ああ……」

加賀見は郁海の隣《となり》に腰《こし》を下ろした。

「よかった。驚いた顔してくれた。加賀見さんのところへ行こうとしたら、ちょうど相原さんが出てきて、それでこっちに……」

「そうか」

客がいたから連れてきたというよりは、相原が加賀見のいない隙《すき》にいろいろと郁海から面白い話を聞き出そうとしていた、というほうがありそうである。あるいは余計なことを吹《ふ》き込んだか……。

睨むような視線を相原に向けると、彼はひょいと肩《かた》を竦《すく》めた。

これはまた何か言ったとみて間違《まちが》いはない。

「相原から何か聞いたか?」

「お客さんが加賀見さんの信者になっちゃってるって……あと、このビルのこと」

「まったくベラベラと……」

「君の弁護をしてあげただけだよ。何しろ郁海くんは、君があざといことをして金を儲《もう》けてここに事務所を構えたり、マンションを買ったりしてると思っていたみたいだし。その誤解を解いてあげたまでさ」

すまして返してくるのを見ると、この男のほうがよほど弁護士に向いていたんじゃないかと思えてくる。もっともそれは法廷《ほうてい》に立つことを想定した場合だ。加賀見にはそのつもりがないので関係ないと言えばないのだが……。

友実がコーヒーをくれたのをきっかけに、話を変えることにした。

映画のことを聞き、それから食事のことを聞いた。それからゲームセンターに連れて行ってもらったというくだりになったとき、加賀見は何か引っかかるものを覚えた。

「何人で?」

「え? 前島と二人……あ、そうだ。結局そうだったんです。本当は四人だったんですけど、二人とも来られなくなって」

「二人とも？」

「あ、はい」

領《うなず》く郁海は何の疑いも抱《いだ》いていないようだった。

「ふーん……よく知ってる連中なのか？」

「いえ、あんまり。一人は名前言われたけど、ちょっとピンと来なくて、もう一人はクラスが違うから知らないって言ってました」

「ああ……」

それはいくら何でもおかしな話ではないだろうか。もっと他に親しいクラスメイトはいるだろうに、わざわざ郁海がろくに知らない二人をピックアップすることからして妙だ。話を聞く限りでは前島は友達が多く、特に親しく連《つる》んでいる相手もいないようだから、初めて転校生を誘《さそ》うからにはなるべく郁海が気楽に話せる相手を選ぶはずだ。そのくらいの気《き》遣《づか》いはできるやつだと思う。

だとすれば考えられることは一つだった。

どうやら同じ考えに至ったらしく、相原も楽しげな、そして呆《あき》れたような顔をしている。友実にもわかったようだった。

郁海の話は、二人でゲームセンターで前島がアルバイト先の先輩《せんぱい》に代理を強要されたいきさつに移っていた。

「ちょっと離《はな》れたところで話してたからよくわからなかったんですけど、やっぱり断るとまずいみたいで、行っちゃったんです」

「へぇ……それは残念だったね」

「でもまた行こうってことになったから」

どうやらかなり楽しかったらしい。同じ年頃《としごろ》の友達というのはやはり面白《おもしろ》いものなのだ。声を弾ませて報告してくれるのを聞きながら、加賀見は内心で溜め息をつく。

わざわざ二人きりで会おうとまでした男が、ちょっとアルバイト先の先輩に言われた程度で行ってしまうとは考えづらい。ここは何か弱味を握《にぎ》られたか、よほどのメリットがあったと見るほうが正しいだろう。

鈍《にぶ》いと言おうか、平和と言おうか。自分が恋愛《れんあい》、あるいは単に性的な対象として見られることは、郁海にとって当然のことではないのだ。これだけの容姿をしているのだし、加賀見という恋人《こいびと》がいるのだから、もっと危機感を持ってくれてもよさそうなものだが、基本的に彼の頭の中はそういった考えが希薄《きはく》のようだった。

「で、時間空いちゃったんで来てみたんです」

見つめてくる視線の中に、顔色を窺《うかが》うような気配が含《ふく》まれている。それを汲《く》んで、加賀見は柔《やわ》らかな表情を作った。

「そうか。まぁ、そのうち一度連れてこようと思っていたんでね。ちょうどよかった」

郁海はあからさまにほっとした顔をした。無断で訪れたことを加賀見が不快に思うのではないかと懸念《けねん》していたらしい。

「ここ、加賀見さんのビルなんですね」

「相続したものだがね」

「ちょっと安心しました。まともな収入があるってわかったし……あ、弁護士のほうの仕事も、ちゃんとしたことしてたんですね」

にこにこと邪気《じゃき》のない顔で言われると力が抜《ぬ》けそうになる。どうも一度認識してしまったことは、そうそう改めてくれない性格らしい。

「それはいいが……一つ聞いていいか？」

「はい？」

「前島くんとやらは、私のことを何か言っていたか？」

忠告は後でするとして、まずは現状の把握《はあく》だ。興味津々《きょうみしんしん》の態度を隠《かく》そうともしない相原と友実がいるうちにやったほうが、話を進めてくれることだろう。

郁海はふわりと嬉《うれ》しそうな顔をした。

「カッコイイって言ってました」

「後は？」

案の定、相原が乗り出してくる。郁海はちらと目を向け、すぐに加賀見に視線を戻《もど》して、困ったように言った。

「この間、卒業アルバムで探してた人だってすぐわかっちゃったみたいで、いろいろ……」

「いろいろって、なぁに？」

今度は友実が言った。

「ええと……弁護士に見えないとか。あ、どうして送ってもらったのか突《つ》っ込まれちゃって、それで〈お目付役〉だから隣に住んでるって言いました」

「ああ、別にいいんじゃないか？　本当のことだしね」

「他に言いようがなくて……」

「あるじゃないか」

あっさりと相原が言い放った。

問い掛《か》けるようにして目を向けると、彼はひどく楽しそうに、声を弾《はず》ませて続けた。

「叔父《おじ》さん」

「は？」

「だって、考えてごらん。郁海くんのお父さんの奥さんの弟……だろう？　まったく血の繋《つな》がりはないけど」

郁海と加賀見は互《たが》いに無言で顔を見合わせた。今の今まで、そんなことは考えもしなかったのだ。

微妙《びみょう》な話だった。郁海にとって蓉子夫人は母親ではないし、加賀見と蓉子の間に戸籍《こせき》上の繋がりはないという。だいたいそれでいくと、加賀見と田中は義兄弟になってしまうのだ。それは叔父と甥《おい》の関係よりもよほど強烈《きょうれつ》だった。

加賀見はふーんと鼻を鳴らす。

「まぁ、通りはいいな。これからそう説明しようか」

煙草《たばこ》を取りだした加賀見は、底を指先で叩《たた》こうとしたものの、郁海がいることに気づいてすぐにそれをポケットにしまった。無意識に吸おうとしていたのだ。

「あ、別に吸ってもいいですよ?」

「いや、いいんだ」

「そうそう。何も人んとこで吸うことないしね」

相原はガラスの灰皿をさっと片づけた。カットの美しいガラスの灰皿は、ほとんど使われておらず半ば飾《かざ》りものとなっている。相原も友実も煙草を吸わないし、来客もほとんどないせいだった。おかげで事務所も、加賀見のところとは違《ちが》って煙草の匂《にお》いがついていない。

急に郁海が小さく呟《つぶや》いた。

「そうだ、田中さんで思い出した。あの……僕も驚《おどろ》いちゃったんですけど、僕の父親がジョイフルの社長だってこと、知ってたんです」

さすがにそれは予想外の言葉で、思わず加賀見は相原と目を合わせた。

どこからどうバレたというのだろうか。郁海が自分で言ったわけではなさそうだし、学校側が余計なことを言うとは思えない。仮に田中のフルネームが漏《も》れたところで、特に珍《めずら》しくもない名前である。

問うような目を郁海に戻すと、すぐに事情が打ち明けられた。インターネットで検索《けんさく》をかけたこと、そして知り合いにジョイフルの社員がいること。

おそらく女だろう。根拠《こんきょ》はないが、そんな気がした。あれはそこそこ遊び慣れた男だ。郁海にはまったくわかるまいが、加賀見には見当がついた。

「別にいいんですけど……。前島も誰《だれ》にも言ってないそうだし、言うつもりもないって言ってたから」

「そうか」

まぁ、それはそうだろう。自分だけが知っている、という状況《じょうきょう》にしておいたほうが、より郁海の信頼《しんらい》を得やすいというものだ。加賀見でもそうしたろうし、前島という少年もそのあたりを計算したのだろう。

手に取るように彼の考えが読める。性格もタイプも違うはずだが、そういった部分で共通点が多いような気がした。

「なかなか、侮《あなど》れない子みたいだね」

相原がにっこりと笑《え》みを浮《う》かべる。意味ありげなそれは加賀見には伝わったが、郁海にはさっぱりのようだった。

「頭いいんですよ、すごく」

「ああ、そうなんだ？」

「学年でトップだし、時間が余ってるからってバイトまでしてるんですよ。何だかもう腹立ってきちゃいますよね」

憤《いきどお》ったふうな言葉を吐《は》きながらも、嬉しそうだった。友達のことを誇《ほこ》らしげに語っている顔で、郁海の中で前島がすでにそれだけの存在になったのだということが、はっきりと伝わってきた。

なるほど確かに侮れない。郁海は誰にでも簡単になつくタイプではないのに、かなり信用されているようだ。こうなれば後はたやすい。一度囲いの中に入れてしまえば、郁海は相手に甘くなるタイプだ。

「でもおかげで思ったよりいい成績が取れたんです」

「あら、教えるのも上手《うま》いの？　いいじゃない」

話し相手が友実に移った隙《すき》に、相原が視線を向けてきた。言葉がなくてもわかっている。そろそろ言えと、せっついているのだ。加賀見の口から忠告させたくて仕方がないらしく、口元がむずむずと動いていた。

だがそれは無視することにした。忠告は後でいい。何もわざわざ相原のいる前で言ってみせることもない。

黙《だま》っていると、その気配を察したのか、相原がひどく不満そうな顔をした。

だが待っても加賀見が動くことはないと判断したのか、仕方なさそうに嘆息《たんそく》する。そしてすぐに、不満そうな表情を隠して口を開いた。

「ちょっと言わせてもらっていいかな？」

「はい？」

「その友達ね、もしかして郁海くんに気があるんじゃないかな？」

意外にもストレートに尋《たず》ねた。遠回しでは郁海が気がつかないと判断したのだ。わざわざ自分で切り出したのは、目の前で反応《はんのう》を見たいからに他ならない。

期待されている郁海は、予想通りきょとんとした顔をしていた。

「は……？」

「いや、だから君が好きなんじゃないかって話」

大きな目が相原をじっと見つめたまま、唖然《あぜん》とした様子で何度か瞬《まばた》きを繰《く》り返した。

そうして唐突《とうとつ》に、気の抜けたように笑った。

「そんなわけないじゃないですか。前島、彼女いるみたいだし」

「あ、そうなんだ？」

「だって途中《とちゅう》で電話かかってきましたよ。前の彼女みたいなこと言ってたけど、ちょっと怪《あや》しい感じっていうか、僕が思ってたより遊んでるみたいで……」

戸惑《とまど》うように、だが嫌悪《けんお》した様子もなく郁海は呟く。彼にしてはずいぶんと柔軟《じゅうなん》な受け止め方だった。

「遊ぶって？」

「バイト先の先輩《せんぱい》が前島に、珍しく年下つれてる……とか、今度はどこで引っかけた……とか言ってたんです」

加賀見は黙ってそれを聞きながら溜《た》め息《いき》をつきたい気分になった。

前島が遊んでいるらしいという判断はつけられるのに、郁海は自分がそのうちの一人だと誤解されたことはさほど気にしていないのだ。

その場にいなかった加賀見たちには予想するしかないのだが、その先輩とやらは郁海が遊び相手の一人に見えたのだろう。

相原ははっきりと聞こえるほどの溜め息をついた。

「言いたかないけど、郁海くんたち以外の二人が揃《そろ》ってドタキャンていうのも、ちょっとできすぎてない？」

「前島のこと疑うんですか？」

郁海の表情から笑みが消えた。

「いや、そういうわけじゃないんだけど……。つまり、いくら友達だからといって、それが郁海くんに下心を抱《いだ》かないとは限らないわけで……」

「そんなこと……」

言いかけて郁海は口を噤《つぐ》む。ここへきてようやく、友実の存在を思い出したらしく、ちらりと視線が彼女のほうへ向かった。相原には加賀見との関係を知られているものの、友実に関しては何も知らないのだ。

「ああ、大丈夫《だいじょうぶ》だよ。知ってるから」

「それって……」

郁海は責めるように加賀見を見つめた。自分に無断で、関係を人に言われたのでは……と、目つきが少し険しくなっている。

「私じゃないよ」

となれば、残りは一人だ。視線は再び相原に戻《もど》った。

「うん、ごめんごめん。でも大丈夫だから。むしろ喜んでるし」

「ちょっとやだ、変なこと言わないでよ」

友実は慌《あわ》てた様子で声を大きくすると、すぐに郁海に向かって言い訳を始めた。誤解を解くというよりは弁明に近い。どうやら喜んでいたというのは事実のようだった。

（なるほど……）

道理で根ほり葉ほり聞いているわけだ。加賀見が郁海と今の関係になったと知ったとき、郁海の写真を見せろとか、普段《ふだん》の暮らしぶりだとかを質問されたものだった。あのとき彼女の目が輝《かがや》いていたように見えたのは加賀見の気のせいではなかったらしい。さすがにセックスに関することを口にはしなかったが、本当は聞きたいのかもしれない。

相原が面白がっているのとは明らかに違《ちが》っていた。彼の場合は、加賀見を突《つつ》くネタとして歓《かん》迎《げい》しているにすぎない。

どちらにしても非難を受けずに済んでいるのは幸いだ。滅多《めった》に会うことのない異父姉とその家族には理解しがたいことだろうから、わざわざ知らせるつもりもないし、干渉《かんしょう》してくる間《あいだ》柄《がら》でもない。もしも郁海とのことを知ってしまい、それが受け入れがたかったら疎遠《そえん》になっていくだけのことだ。

だが起こってもいない事態を想定するよりも、今は郁海の甘い認識を何とかしなくてはならない。

郁海の横顔を見つめながら、加賀見は溜め息を飲み込んだ。

7

事務所帰りに相原たちと四人で食事をし、加賀見とマンションに帰る間、ずっと郁海は一つのことを考えていた。

相原に言われた前島のことだ。まさかそんなことはない……と思う一方で、完全に否定できるだけの根拠《こんきょ》を持たない自分に気がついた。

先に部屋へと戻り、コートをしまってリビングのソファに座り込む。

間もなくして加賀見がやって来た。彼は無口になった郁海に気づきながらも、何も言わないままだった。

忠告していたのは相原だけだが、加賀見が同意見であることくらいはわかっていた。その証《しょう》拠《こ》に彼は一言も口を挟《はさ》んでこなかった。違うと思っていれば、絶対に郁海の味方をしてくれたはずだ。

隣《となり》に座る恋人《こいびと》を、じっと見つめる。

二人きりになっても、加賀見は前島のことについて触《ふ》れようとしなかった。

「前島のこと、いろいろ考えてたんです」

「私以外の男のことでそれほど熱心になられると、ちょっと妬《や》けるね」

笑いながら、揶揄《やゆ》するように返される。こういうのはいつもの加賀見の態度で、最初の頃《ころ》はいちいちカチンときたものだが、今ではすっかり慣れてしまった。だからといって上手《うま》く切り返せるわけではなく、郁海はさらりと流して口を開いた。

「気づいたんですけど、加賀見さんに似たとこがあるのかもしれない」

「へぇ？」

「別に顔とか性格とかじゃないですよ？　何となく……上手く言えないんですけど」

前島への好意の理由は、もちろん彼自身の人となりもあるのだろうが、加賀見を思わせる部分が郁海にとって馴染《なじ》みやすかったこともあるのだろう。思えば加賀見に対しても最初は反発していたものだった。

だが見つめてくる目は笑《え》みを浮《う》かべていた。驚《おどろ》きも、意外そうな様子さえもなかった。まるで最初から知っていたというような様子だった。

「……もしかして、知ってました？」

「何となくね。話を聞いていて、そんな感じかな……と」

余裕《よゆう》の顔だ。何でもわかっている……といった感じの態度が、郁海には面白くない。

「加賀見さんも、前島のことああいうふうに思ってるんですか？」

「そうだよ。私の場合は、実際に会って確信したんだがね」

「会った……って、ちょっと目があったくらいじゃないですか。それにかなり遠かったし、あれでわかるわけ……」

「十分だよ」

やけにきっぱりと断定しているものの、その口調は意外なほど柔《やわ》らかい。

こういうときにずるいと思う。子供にはわからないのだと、自分は大人だからわかるのだと言っているような気がしてしまうのだ。

きっと被害妄想《ひがいもうそう》に近いのだろう。どんなことをしても埋《う》まらない年齢《ねんれい》の差が、ときどき郁海を突っついてくれるだけだ。

「でも前島はそういう様子もないし……」

それらしいことを言うわけでもなければ、ベタベタと触れてくるわけでもない。編入した日から前島は委員長として親切に接してくれたが、いくら思い返してみても、おかしな行動はないように思えた。

もっとも、それがあくまで加賀見に比べて……だということに、本人は気づいていなかった。下心がある相手の行動や言動は、郁海にとって加賀見が基準になっているのだ。

「気のせい……だと思う」

加賀見は何も言わなかった。否定しない代わりに、肯定《こうてい》もしない。予想に反して、言い聞かせようともしない。

仕方なさそうに見つめてくる目は、ものわかりの悪い子供を見る大人のそれだった。

むきになって何かを言おうとしたところに、携帯《けいたい》電話の音が重なった。

「だって……っ」

　はっと我に返って、同時に自分が言うべき言葉を持っていなかったことに気がついた。だって、の後に何を言ったらいいのかが、まったくわからない。

「早く出ないと」

　促《うなが》されて、郁海は緩慢《かんまん》な動作で電話を手にした。

　前島、の文字に郁海は目を瞠《みは》った。果たしてこれはタイミングがいいのか悪いのか。

「はい……佐竹です」

『あー、俺、俺。今日はごめんな』

「いいよ」

『さっき、先輩《せんぱい》が来てさ。彼女もう帰ったからって。それでようやく交代。今、家に向かって歩いてるとこなんだ』

　郁海は話しながら、寝室《しんしつ》に向かった。いつもならば平気で加賀見の前で電話するのに、今日は無意識のうちに移動していた。

　その理由に気づいたのは、ドアを閉めて椅子《いす》に座ったときだった。

「あのさ……聞きたいことあるんだけど」

　口にしてから自覚した。加賀見の前では聞きづらいことだから、こっちに来てしまったのだ。

「変なことなんだけど……その、前島って、僕のことどう思ってる？」

『は？』

呆《あき》れたような声が聞こえてきて、郁海はそのまま電話を切りたくなる。

恥《は》ずかしい。こんなことを問い掛《か》けるなんて赤面ものだ。もう少し話の持っていき方を考えて、さらりとスマートに尋《たず》ねればよかった。もっともそんな芸当が郁海にできるわけはないのだけれど。

『何？』

『どういう意味で？』

「え……どうって……」

『や、ほら何か漠然《ばくぜん》としてるからさ。好き嫌《きら》いで言ったら、もちろん好きだけど。そういうことじゃなく？』

前島の口調はさばさばとしていて明るくて、好きという言葉一つ取ってみても、そこに深い意味があるようには思えなかった。

「あ、うん。大した意味ないんだ。変なこと聞いてごめん」

『何かあったの？』

「別に……」

『俺、何かしたっけ？　ひょっとして、帰ったこと怒《おこ》って……る？』

「違《ちが》う違うっ」

あらぬ誤解に発展しないうちに、郁海はあれこれと苦労してこの場を収めた。変なふうに尋ねたせいで、あやうくややこしいことになりかけたが、何とか核心《かくしん》に迫《せま》られることなく話題を変えることができた。

前島の用事は、次回の映画のことで、今度は二人で行こうと言い出した。

それから少し話をして、やがて電話を切った。思わずほっと安堵《あんど》の息がもれる。あのまま話が進んだら、こちらが恋愛《れんあい》面で勘繰《かんぐ》っているのがバレて、下手をすればなし崩《くず》しに郁海と加賀見の関係にまで波及《はきゅう》していたかもしれないのだ。

携帯電話を手にリビングに戻《もど》ると、加賀見がキッチンのカウンターにカップを置いてコーヒーを注いでいた。

「やっぱり気のせいですよ」

横顔に向かってきっぱりと言い切ると、加賀見はこちらを向いて、「そうか」と気のない返事をした。

納得《なっとく》していないのは明らかだった。

「加賀見さんも相原さんも、変な心配しすぎです。前島は、そういうんじゃないから」

「前島がそう言ったのか？」

「違いますけど、態度とか自然だし。前島と話すようになってもうずいぶん経つけど、何も言われたことないし、されてないし」

「そうか」

「思ってないくせに」

郁海はついそんなことを口走ってしまった。

納得していないくせに何も言おうとしない加賀見に不満を感じてしまう。軽くあしらわれているような、あるいは言うだけ無駄《むだ》だと諦《あきら》められているような、憤《いきどお》るほどではないが面白くないという気持ちだった。

「黙《だま》ってないで何か言ってください」

そうして郁海はまた失敗した。相手が黙るにはそれなりの理由があるはずだから……と思ったはずなのに、気がつけば答えを求めていた。

加賀見はカウンターに手をついて、何でもないことのように言った。

「相手は同級生。すこぶる条件がいいやつで、狡猾《こうかつ》さも見える。君も好意的で、信頼《しんらい》しているようだ。相手にその気があれば、手を出すのは簡単だろうな」

「そんなっ……」

「そう思えてしまうんだよ。自分を基準にするんでね」

加賀見はその場から動くことなく郁海を見つめ、カップを手にした。カウンターに浅く腰《こし》かけるその姿は、ドラマのワンシーンのように絵になっている。

大人で、落ち着いていて、いつでも悔《くや》しいくらい余裕《よゆう》を纏《まと》う男。それが郁海の中にある加賀見という人物だった。

だがその大人は、こともなげに言うのだ。

「焦《あせ》っているんだろうな」

「え？」

ことん、と音を立ててカップがカウンターに戻される。

「君が執拗《しつよう》に自分を子供だと気にするのと同じだ。君よりずいぶんと年を食ってることに、私が何も感じていないわけじゃない」

「あの……」

「どうもいけないね。我ながら回りくどい。つまり、ストレートに胸の内を晒《さら》すにも勇気がいるということだ」

見つめてくる視線に誘《さそ》われるようにして、郁海は加賀見に近づいていく。何だかそうしなくてはいけないような気分だった。

加賀見の前に立って、彼を見上げる。カウンターに凭《もた》れるようにして腰かけているのにも拘《かか》わらず見上げなくてはならないのが少しだけ悔しい。

そっと頬《ほお》に指先を伸《の》ばした。

「そんなこと考えなくていいのに」

急にそう言ってあげたくなった。大丈夫《だいじょうぶ》だと、不安になることなんて何もないと、加賀見にわかってほしくなる。

言葉を尽《つ》くしたってどれだけの効果があるのかは知らない。いくら言われても、たとえ納得しても、郁海がどうしても今の自分に不安を覚えるように、加賀見だって同じなのかもしれない。彼が大人であることは、郁海にとって少しもマイナス要素にはならないのに。

(ああ……そうか……)

だったらあるいは、郁海が加賀見の半分しか生きていないことも、向こうにとってはマイナスになっていないのかもしれない。おそらく自分が気にしているほど、相手はそれを考えてはいないのだ。

気づいてしまえば簡単なことだった。

郁海の手に自分のそれを被《かぶ》せるようにして触《ふ》れて、加賀見は笑った。

「若くて魅力《みりょく》のある恋人《こいびと》を持つと、心配なものなんだ」

「だけど加賀見さんは……」

最後まで言わせてもらえないうちに唇《くちびる》を塞《ふさ》がれる。

加賀見のほうこそ魅力的で、周囲が放っておかないんじゃないかと思えた。けれども郁海はそれ自体に不安を感じていたわけじゃない。たぶん誰《だれ》よりも自分が、加賀見と並べ立てないことに不満を感じていたのだ。

性急なキスは、郁海の息さえも奪《うば》っていく。

粘着質《ねんちゃくしつ》な音がして、絡《から》む舌から生まれた快感がじわじわと全身へ広がった。

腰を抱《だ》かれ、加賀見の脚《あし》の間で身体《からだ》をぴったりと密着して、ほとんど真上から覆《おお》い被さるような抱擁《ほうよう》の中で激しく求められた。

「ぁっ……ふ……」

平衡感覚《へいこうかんかく》を失っているのは酸欠のせいかもしれない。

身体に力が入らない。加賀見の背中に抱きつこうとしているのに、指先がかろうじてシャツに引っかかっているという程度にしかならなかった。

やがてがくんと膝《ひざ》が折れた。

だが床《ゆか》に崩れ落ちることもなく、身体は加賀見の腕《うで》に支えられる。そのまま抱き上げられて、ソファに運ばれた。

頭の中がぼんやりとしている。気持ちよくて、ふわふわと夢の中を漂《ただよ》っているようだった。

言葉の代わりに両手を首に回した。意思表示はそれで十分だった。

8

遠くで雷鳴《らいめい》が聞こえている。この季節にしては珍《めずら》しいことだ。

先ほどのニュースの中で、大気の状態が不安定だと言っていた通り、雨もぱらついてきているようだった。

加賀見と約束した五日間は明日からだが、天気は大丈夫だろうか。

とりあえず四泊《はく》分の荷物だけは用意してあるのだが、どこへ行くのかまだ知らされていないから、心配のしようがない……とも言えた。

傘《かさ》を持たずに出かけた加賀見はどうせ車だから問題はない。さしあたって問題があるとすれば、このまま雨と雷《かみなり》の音が大きくなってくるとテレビが聞こえづらいことだろう。

リモコンに手を伸ばそうとしたときに、ふいに電話が鳴った。夕食の支度《したく》のためにキッチンにいるときだった。

携帯《けいたい》の液晶《えきしょう》を覗《のぞ》き込めば、そこには前島の名前があって、郁海はコトコトと煮《に》える鍋《なべ》を見つめながら通話ボタンを押した。

「はい？」

『あ、俺ー』

いつものように明るい声が聞こえてきた。

前島からの電話はもう郁海にとって珍しいことではなくなっている。空いた手で鍋をかき混ぜながら、ちらりと時計に目をやった。

もうすぐ加賀見が帰ってくる時間だった。

『急で悪いんだけどさ、近くまで来てるから、今からそっちいい？』

「えっ……？」

『用事があって来たんだけどさ、こないだ貸したCDもらいに行きたいんだよ』

「あ、ああ……そっか。直ったんだ？」

『新しいの、もらってさ。別に今度でもよかったんだけど、せっかく近くにいるからと思ってさ。まずい？』

ここで肯定《こうてい》すれば、前島はすんなり引き下がっていくはずだ。少し残念そうに、また今度と笑いながら。

だが借りたものがある以上はノーと言えないし、一人暮らしの郁海に、友人の訪問を断る理由などなかった。

「いいよ、大丈夫。下に着いたらまた電話して」

『おう。たぶん、あと十分くらいだと思う』

電話を切ってから、郁海はすぐに火を消して、ばたばたと玄関《げんかん》へ向かった。隣《となり》の帰宅を確認するが、加賀見の帰宅はまだだった。

やきもきしながら五分ほど過ごしていると、エレベーターが開いて待ち人が現れる。

玄関先《げんかんさき》に立っている郁海を見て、加賀見は目を瞠《みは》った。

「どうした？」

「これから前島が来ることになっちゃって」

「この雨の中……？　急な話だね」

眉《まゆ》をひそめる加賀見は、また不快なものを感じているのだろうかと、郁海はひどく申し訳ない気持ちになる。

だから慌《あわ》てて言い訳をした。

「近くまで来てたからついでらしいんですけど、借りたＣＤを取りに来るって、ついさっき電話があったんです。僕、一人暮らしってことになってるし、断るのも変かなって……」

「要するに、私が部屋でおとなしくいていればいいわけだろう？」

「ごめんなさい」

隣人《りんじん》であることは教えているが、毎日夕食を一緒《いっしょ》に取って、朝まで過ごしているということは秘密なのだ。

「謝ることはないよ」

加賀見は軽く肩《かた》に触れると、自分の部屋の鍵《かぎ》を取りだした。

「ご飯はできてますから、帰ったら呼びに行きますね」

「ああ」

そう長い時間ではないだろうと思いながら、郁海は部屋の中に戻《もど》った。雨はずいぶんと強くなっていて、雷鳴も近く大きくなっている。

郁海は眉をひそめて、カーテンの向こうの見えない外へと目をやる。

こういう天気はあまり好きではない。別に雷は怖《こわ》くもないが、嵐《あらし》というものに対する漠然《ばくぜん》とした不安があるのは確かだ。

加賀見と過ごした別荘《べっそう》でも大雨が降った。

思わずぞくりと震《ふる》えが走ったところで、携帯電話の明るい音がそれを払拭《ふっしょく》してくれた。

「着いた？　今、開ける」

エントランスのロックを外しながら、階数と部屋の番号を告げる。

間もなくして、呼び鈴《よりん》が鳴り、郁海は念のために相手を確認してからドアを開けた。

「外、大変……」

言いかけた言葉が途切《とぎ》れるほど、そこに立っていた前島の出で立《いた》ちはもの凄《すご》いことになっていた。髪《かみ》がすっかり濡《ぬ》れていて、服だってかなり水を吸っていた。まだ三月の雨だから冷たいはずである。

「何でそんなことになってんの……！」

「や、まいったまいった。まさかこんなひでー降りになるとは思わなくてさ。これだったら、もうちょっと待ってりゃよかった」

屈託《くったく》なく笑って言いつつも、前島はそれからすぐにくしゃみをした。

「バカッ……！　風邪《かぜ》ひくだろっ。早く入れってば。ほら、上がって」

「あ、お邪魔《じゃま》しまーす」

郁海が出したスリッパを履《は》いて、前島は後からついてきた。

「とりあえず髪とか……あ、風呂《ふろ》入っちゃえば。着替《きが》えは……たぶん、何かあると思うし」

「や、大丈夫《だいじょうぶ》だって。濡れたの頭とコートだけだし。中は平気だから。あ、でもタオルだけ貸して。あとドライヤー」

「こっち」

郁海は前島を洗面所へと連れて行き、厚手のタオルを差し出した。

それを受け取りながら、前島は中を見回す。がしがしと乱暴に髪を拭《ふ》くのは無意識にやっているような感じだった。

「何かすげーマンションだな。さすがっていうか……」

「ドライヤー、勝手に使っていいから。終わったらリビングに来て」

「サンキュ」

郁海は洗面所を出てキッチンに入った。とりあえずコーヒーの一つでも出したほうがいいだろう。見えるところに二人暮らしの痕跡《こんせき》はないはずだ。わざわざ開けて見なければ歯ブラシが二本あることもわからないはずだし、もし見られても、そこは何とでも言い訳が立つ。朝夕で使い分けているとでも言えば済むことだ。整髪料《せいはつ》だって加賀見は出しっ放しにしていない。

髪の短い前島は乾《かわ》かすにもそう時間がかからないらしく、コーヒーが入る前にリビングへと姿を現した。

「何部屋あんの？」

きょろきょろと室内を見回しながらの質問だった。他に誰《だれ》もいないのをいいことに、遠慮《えんりょ》なく眺《なが》め回している。

「二部屋。でも一つはほとんど使ってない」

「へえ……贅沢《ぜいたく》」

「そんなにいいものじゃないよ。はい」

カップを差し出すと、前島はそれをカウンター越《ご》しに受け取った。

「あ、いい匂《にお》い。メシ作ってたんだ？」

「うん、まぁ……」

「あれ……？」

前島の目が一点に止まった。何だろうと目で追った郁海は、テーブルの上を見てぎくりと顔を強張《こわば》らせる。

そこには二人分のセッティングができていた。

「誰か来るとこだったの？　あ、もしかして週に一度の親父さん？」

「う、うん。ちょっと遅《おそ》くなるみたいだけど……っ」

とっさにそういうことにしてしまった。加賀見のことを言い出したら、またいろいろと面倒《めんどう》になるのはわかっていた。

「ふーん……」

前島は室内に再び目を走らせる。

「あ、そうだ、ＣＤだっけ」

「うん、そう」

頷《うなず》きながらも観察は終わらない。妙《みょう》な沈黙《ちんもく》に、郁海は何か話をしなくてはと落ち着かない気分になった。

口を開こうとしたときに、一瞬《いっしゅん》早く前島は言った。

「ほんとに一人暮らし？」

「ど……して？」

「スリッパ、もう一つ出てたし。何ていうか……郁海じゃないやつの気配みたいの感じる。そういうのってわかるじゃん？」

にっこりと笑いながら前島はカウンターに身を乗り出してくる。

今のは質問ではなく確認だ。否定したところで納得《なっとく》するとは思えなかったし、第一彼の言うことは事実だ。

「冷蔵庫とかゴミとか見たら、もっとはっきりすると思うけど。あ、別にだからどうってわけじゃないよ？　でもさ、できれば嘘《うそ》つかないでほしいなって」

「……ごめん……」

「うん、だから責めてるわけじゃないって。もう一人分って、親父さんじゃないだろ？」

やんわりと問い掛《か》けられて、郁海は頷いた。

「ひょっとして、お隣《となり》さん？」

「そう」

「いつも一緒にメシ食ってんの？」

「うん、まぁ。一人よりも、誰かいたほうがいいし……」

それは本心だった。嘘ではない。本当は誰か、なんかではなく、加賀見だからいてほしいのだけれど。

前島はふーんと鼻を鳴らして、カウンターから離《はな》れた。カップを手にしたまま、座っていいかと尋《たず》ねてきて、郁海が頷くのを確かめて一人掛けのソファに座った。

キッチンからでは遠くなりすぎて、話をするのに不自然だ。だがあまり近くでいろいろと質問されるのも気が進まなくて、自分のカップを持ったまま、結局は今まで前島が立っていたあたりで足を止めた。

今まで引き際を心得ていた前島が、急にラインを踏《ふ》み越《こ》えてきたのはどうしてだろう。

大きくなった雷鳴《らいめい》と雨音が、不安を余計に煽《あお》ってくれている。

「ごめんな。どうしても確認しときたいことがあってさ」

「何？」

「加賀見って弁護士……ほんとは郁海の何？」

真っ直ぐに見つめてくる目は、中途半端《ちゅうとはんぱ》な答えを許してはくれない。ようやくはっきりとわかった。前島は郁海と加賀見の関係に気づいているのだ。今に始まったことではなく、少し前から察していたのかもしれない。

「郁海、あいつのこと好きなのか？」

質問はストレートだった。ほんの少し首を動かすだけで、返事ができてしまう。

「俺が聞いてんのは、恋愛《れんあい》って意味な。どうなの？」

「……何でそんなこと、答えなきゃいけないんだよ……」

視線を逸《そ》らして、はぐらかす。たぶんこう言ったこと自体が答えになっているのだろうが、それでも肯定《こうてい》するのは怖かった。前島がどんな反応をするのか、それを予想することすら頭が拒否《きょひ》している。

「実際、どうなのかはわかんないし。向こうが好きなだけなのか、郁海も好きなのか、それによって全然違《ちが》うんだからさ」

「違うって……？」

何がどう違うというのか。

見つめる先で、溜《た》め息《いき》をひとつついた前島がゆっくりと立ち上がる。

「だって俺……」

前島が何かを言いかけたときに、それは出し抜《ぬ》けに起きた。

窓ガラスが震《ふる》えるほどの大きな音がドンと響《ひび》いて、一瞬にして視界が黒く塗《ぬ》りつぶされる。

雷鳴だったのだということは、ずいぶんと後になってからわかった。

何も見えない。あるのはひたすらの暗闇《くらやみ》だ。

「び……っくりした……すげぇ音……」

前島の声が聞こえる。だがそれはひどく遠かった。まるで別の世界から聞こえてくる音のようだった。

「今のは近かったよな」

身体《からだ》が勝手に震えた。身が竦《すく》んで動けない。

ここは狭《せま》い空間なんかではなく、生活の場であるリビングだ。わかっている。なのに、恐《きょう》怖《ふ》が拭《ぬぐ》えない。

「っ……」

息苦しくて、郁海は自分の胸のあたりを摑《つか》んだ。

怖《こわ》い。押しつぶされそうに怖かった。息が荒《あら》くなっていたが、激しい雨の音で乱れた呼吸音はかき消されていた。

「郁海？　なぁ……どうかしたのか？」

前島の声が聞こえているけれど、それは郁海の中に意味を持った言葉として入ってはこなかった。

だんだんと息苦しくなってくる。

どうしよう、とそればかりが頭の中でぐるぐると回って、答えはちっとも出てこない。

「返事……しろよ」

ガタン、と大きな音がした。

郁海はその音に竦み上がり、手からカップを取り落とした。

陶器《とうき》の壊《こわ》れる音がひどく大きく響く。

不審《ふしん》に思った前島は郁海に近づいていこうとしたらしいが、視界がきかないせいでテーブルの足に引っかかってしまったのだ。

「だ、大丈夫《だいじょうぶ》か？　どうした？」

暗闇の中で、郁海が求めたのはただ一人だ。

（加賀見さん……）

ここにはいない。けれど、壁《かべ》を一枚隔《へだ》てた向こうにはいるはずの男。苦しさの中、郁海は指先で壁を伝いながら歩き始めた。

「郁海……！　どこだ？」

すんなりと耳に飛び込んできた声に、郁海ははっと息を飲む。

「……っ……み、さん……！」

考えるより先に、何も見えない中で声のしたほうへ手を伸《の》ばした。

加賀見は注意深く近づいてくると、郁海を腕《うで》で包み込んだ。郁海のことを案じて、飛んできたのだ。

暗さは変わらないのに、それだけで気持ちが少し落ち着いた。息さえ苦しくなるような怖さも薄《うす》らいでいる。

「大丈夫だ。すぐに戻《もど》るから」

深い声はまるで呪文《じゅもん》のようだった。

雨は先ほどよりも弱くなっている。それに気づけるほどには、郁海も冷静さを取り戻しつつあった。

加賀見がいてくれるだけで、気分はとても楽だ。暗闇に対する恐怖心はあるけれども、それはかなり和《やわ》らいで、パニック状態からも抜け出すことができる。

あるいは少しはマシな状態になっているのかもしれなかった。少なくとも以前、同じように停電にあったときよりはよかった気がする。足元から何かに飲み込まれていくような、天と地が逆になったような、そんな不安と恐《おそ》ろしさは今日はなかった。

もっと時間が必要だ。一度恐ろしいと思ったものへの恐怖心は、なまなかなことでは拭い去れないらしい。だがこうして加賀見によって恐怖が薄《うす》らぐように、きっといつか一人でだろうと自分を失うようなことはなくなるかもしれない。

宥《なだ》めるようにして加賀見が郁海の背中を叩《たた》く。それからすぐに、低い声が上のほうからした。

「前島くん……だったね」

「あ……はい」

どこからか声がする。明らかに困惑《こんわく》したような様子だった。

「突然《とつぜん》すまない。ちょっとわけありでね」

「……郁海、大丈夫？」

「ん……」

答えるのがやっとだった。それだって顔を加賀見の胸に押しつけているから、くぐもって聞き取りにくかったことだろう。

代わりに加賀見が答えてくれた。

「暗所恐怖症《きょうふしょう》でね。狭くないだけ、まだいいんだが……」

「そうだったんだ……」

呟《つぶや》く前島の顔は誰《だれ》にも見えない。だがその声に悔《くや》しさのようなものが含《ふく》まれているのを、加賀見は感じ取っていた。

電気が回復したのは、それから間もなくのことだった。

落ちたときと同じように、突然室内が明るく照らされ、その眩《まぶ》しさに加賀見と前島は目をすがめた。郁海は加賀見の胸に顔を伏《ふ》せたままだ。

「もう平気だよ」

加賀見は優《やさ》しく郁海の頭を叩く。

恐る恐る目を開けて顔を上げ、郁海はいつもと変わらない明るさが戻っていることに、ほっと安堵《あんど》の息を漏《も》らした。

雷鳴は聞こえなくなっていた。雨の音ももうしない。

加賀見が立ち上がると同時に、ふわりと身体が宙に浮《う》く。そのままソファに移動して、膝《ひざ》の上に座ることになった。

「そういうことかぁ……」

呟きに、郁海は我に返った。

前島の存在をすっかり忘れ去っていた。慌《あわ》てて加賀見の膝から降りようとしたが、恋人《こいびと》の腕がそれを許さなかった。

「か、加賀見さん……っ」

「いつもやっていることだろう?」

じたばたと手足をばたつかせるものの、それは難なく封《ふう》じられる。

前島の嘆息《たんそく》が聞こえた。

「いつもやってんだ……ふーん、そっか」

「あ、あの……っ」

「どうしようかなぁ……」

軽い口調に反して、前島は難しい顔をして唸《うな》っていた。郁海は恐《おそ》る恐る、肩越《かたご》しに彼を見やった。

ソファにかけた前島は、指先で肘《ひじ》かけの部分をトントンと叩いていた。

やがてそれが、ぴたりと止まる。

「やっぱ言おう。このまま黙《だま》ってるのも悔しいし。あのさ、郁海。俺も郁海のこと好きなんだよね。さっきそれ言おうとしたの」

「えっ……?」

「や、可愛《かわい》いなぁって最初から思ってたけど、何かこう、それだけじゃないみたい。それ、ムカツクもんな」

前島は笑いながら指差してきた。加賀見が膝の上に郁海を乗せて、これ見よがしに撫《な》でているのが気に入らないのだ。

加賀見の腕の中で郁海は身体《からだ》を強張《こわば》らせる。笑おうとしていた顔も強張って、引きつった顔になっていた。

「さっきだってさ、どうせなら俺に抱《だ》きついてくれればよかったのに」

拗《す》ねたように口を尖《とが》らせて、前島は恨《うら》みがましい視線を加賀見の手元に向ける。

郁海は何も言えずに、ちらちらと加賀見を見やった。頭の中が混乱して、どう反応《はんのう》していいのかわからない。

本気なのだろうか。

今度はちらりと前島を見た。

「黙ってようかなーとも思ったんだけど、ひっそりと胸に秘めて友達やる自信ないし、弾《はず》みでキレてもやばいしさ。溜《た》めこんでおくと、不健全なこといっぱい考えちゃいそうだから」

「前、島……」

郁海の胸に引っかかったのは、友達をやる自信がない……という一言だ。知らず、加賀見のシャツを指先で握《にぎ》りしめていた。

不安そうな視線を受け止めて、前島は笑った。

「や、別に郁海と友達やめるなんて言ってねーよ？　友達としても好きだし、それなくすよーなことしたくないし。だから何て言うのかな、こっちのカードをオープンにして、スタンスもはっきりさせときたいな、ってこと」

「スタンス……？」

「そー。郁海のことは好きだけど、心配ないよってね。大事だから、半端《はんぱ》なことしたくないし、やり捨ての相手とは違《ちが》うし」

普段《ふだん》から大人びている前島だが、今はそれに拍車《はくしゃ》がかかっている。とても同じ年の高校生とは思えなかった。

「それに恋愛《れんあい》感情でつまずきたくないなってのが本音《ほんね》なんだよね。いい友達やる自信あるよ。郁海さえ平気なら、今まで通りやろ？」

からりとしたものだ。告白に対しての深刻さはまったく感じない。それがナチュラルなのかポーズなのかはわからないが、突《つ》きつめることに意味はないだろう。

郁海はそろりと息を吐《は》き出した。

好きだと言ってくる相手と、意識しないで付き合えるかどうかの自信はない。けれど、このまま疎遠《そえん》になりたくもなかった。

「ま、考えといて。失恋《しつれん》は仕方ないけど、友情ってやつで破れるのはキツイんだよね」

「……うん」

言いたいことのすべては無理だが、だいたいは理解できると思う。郁海だって、破れたくはなかった。

「ん。じゃ、雨もやんだみたいだし、帰るわ」

前島は両手でぽんと肘かけを叩いて立ち上がった。

ようやく加賀見に解放してもらえた郁海は、無言のまま前島を玄関《げんかん》まで見送りに行く。頭の中では、何て言おうかと考えていた。

靴《くつ》を履《は》く前島の背中を見つめているうちに、彼がくるりと振《ふ》り返った。段差があるのに、目線はまだ郁海のほうが低い。

まっすぐに見つめるのが憚《はばか》られて、ちらちらと伺《うかが》うような目になってしまった。

「可愛いなぁ」

「ばっ……」

「や、ほんとに。俺さ、昔っから可愛いもの好きなの。レンアイの相手はそうとも限らないんだけど、とにかく可愛いものに弱いわけ。見ると、構いたくて仕方なくなんの。あれだよ、ぽわぽわした動物にさわりたいのと一緒《いっしょ》」

同じ年の相手から可愛いを連呼されると心中は複雑だ。誉《ほ》められているのかもしれないが、嬉《うれ》しいとは思わなかった。まして動物と同じように言われているのだ。自然と眉間《みけん》には縦皺《たてしわ》が寄っていた。

前島の好き、はそれこそ飼い猫《ねこ》への好きと大差ないのかもしれない。

「あ、そうだ。今度、郁海の料理食わせて？」

「え？　あ……うん、いいけど……」

話題の転換《てんかん》にようやくついていきながら、郁海はぎこちなく頷《うなず》いた。

「やった。やっぱね、好きな子の作ったものって食いたいじゃん」

あっけらかんとしたものだ。友達に恋人《こいびと》がいるのを承知で告白し、番狂《ばんくる》わせもなく想いは通じなかったというのに、落ち込んだ様子はまったくない。しかも懲《こ》りずに、まだ好きだと本気で口にする。

本当に本気なのかと、疑ってしまいそうだった。もちろん郁海にとってはそのほうが気楽なのだけれども。

「前島って、よくわからない」

「何で？　簡単じゃん。ちゅーもしたいし、ぎゅっとハグもしたいけど、その前に友達として好きなわけよ」

「でも、ほんとに前島が僕のこと好きだっていうなら、そういう相手とただの友達でいるのって、つらくない？」

郁海だったらたまらないと思う。好きな相手に恋人がいて、互《たが》いの感情のベクトルを知って付き合い続けるのは、とてもきついのではないだろうか。

だが前島はあっさりと言うのだ。

「郁海だって、俺のこと好きでしょ」

「それは……友達としては……」

「うん、だから片思いではないじゃん。一応、友達として俺が一番近くない？」

「そうだと思う」

「だからいいわけよ。親友と恋人の両立って難しいじゃん」

いつから親友になったのだろうかと言いそうになったが、とりあえず黙っていた。実際に彼の言うそれは郁海にとって悪くないポジションだ。

「だからこの場合、一番精神的にきついのって、あの人じゃん？」

前島はリビングのほうを親指で差し示して笑った。

確かにそうだ。自分の恋人が、堂々と好きだと言ってくる相手と友人付き合いを続けるなんて、愉快《ゆかい》であるはずがない。

今さらながらに焦《あせ》りが生じた。

そもそも、前島の気持ちについてはさんざん否定してしまったのだ。加賀見だけでなく、相原にまで忠告されていたのに。

「じゃ、行くわ」

手を振る前島に、頷くことしかできなかった。頭の中は、加賀見のことでいっぱいだった。

目の前で扉《とびら》が閉じて、いつまでもその場に突っ立っている必要はなくなった。郁海は大きく息を吐き出して、リビングにいる加賀見のところへ戻《もど》った。

「あ、あれ……？」

何故か加賀見はキッチンにいて、作りかけの夕食を鍋《なべ》ごと冷凍庫《れいとう》に入れていた。すでにテーブルの上に用意してあったサラダなども、密閉容器に移されてしまっているし、電源が戻っていたはずのテレビも消えていた。

唖然《あぜん》としているうちに、加賀見は言った。

「今から行こうか」

「は?」

「荷造りはできているんだろう?」

確信している口調なのは、彼が郁海の性格を熟知しているからだ。明日の出発は早朝だから、すでに前日からきちんと用意してあるはずだと読んだのだ。実際、郁海の寝室《しんしつ》には主に衣類の詰《つ》まったバッグが置いてあった。遅《おそ》くなってからバタバタするのが嫌《いや》なので、まだ明るいうちにやっておいたのだった。

「でも、どうしたんですか?」

「どうもしないよ。向こうの用意ができて、今日からでも……と言われたんでね。それもいいかと思っただけだ」

「本当に……?」

また何か隠《かく》しているんじゃないかと、つい身構えてしまう。

「信用がないな。まぁ、仕方がないがね」

「ご、ごめんなさいっ。そういう意味じゃ……」

慌《あわ》てる郁海を見て、加賀見は表情を和《やわ》らげた。

「早く行きたいだけだ……と言ったら、納得《なっとく》できるかな。このまま明日まで待っていたら、一睡《いっすい》もできないかもしれない」

冗談《じょうだん》めかしてそう言われ、思わず郁海も笑ってしまった。まるで遠足が楽しみで仕方ない子供みたいだった。

もちろん郁海だって、とても楽しみにしていたのだけれど。

「でも着くのが遅くなっちゃうんじゃないですか？　近いんですか？」

郁海は行き先を知らない。ただ海の近く……としか言われていなかった。加賀見はあらかじめ情報を与《あた》えずに連れていきたいようだった。

これだから、秘密主義……と言われてしまうのだ。

「いいからおいで。またさらわれたくなかったらね」

笑《え》みを浮《う》かべる加賀見の顔は意味ありげで、つまりはとても官能的だった。彼に連れられて軟禁《なんきん》された山の中の別荘《べっそう》を自然と思い出してしまう。まだそれほどの月日は流れていないというのに、懐《なつ》かしいような気さえした。

誰《だれ》にも邪魔《じゃま》できない、隔絶《かくぜつ》された場所。

周囲の目を気にしがちな郁海が、それをまったく考えなくていいところなのだ。

「すぐに出られるか？」

郁海は黙《だま》って頷く。

それからキッチンをあらかた片づけて、風呂《ふろ》のスイッチを消して、最後に留守番電話のボタンをしっかりと押した。

9

周囲に街灯がなくなってしまうと、加賀見は本当はいけないのだが……などと言いつつも、車内灯をつけてくれた。

上向きにしたライトに映し出されているのは曲がりくねった道と木ばかりだ。

隣《となり》にいるのが加賀見じゃなかったら、どこへ連れて行かれるのかと不安になりそうな場所である。

日付はもうすぐで変わりそうだ。途中《とちゅう》で食事をしたり買い物をしたりしていたとはいえ、ずいぶんと遅くなってしまった。少なくとも郁海の感覚ではそうだ。旅行先への到着《とうちゃく》時刻としては遅いはずだった。

舗装《ほそう》はされているが、道はあまりよくない。スピードは抑《おさ》えているのに、ガタガタと車が揺《ゆ》れている。

視界が開けたのはいきなりだった。もっとも藪《やぶ》をかき分けていたわけではないので、それは多分に郁海の主観によるものだ。舗装道路が切れて、下が土になったな……と気づいて間もなくのことだった。

ライトに照らされた一軒《いっけん》の別荘に、郁海は少し身を乗り出した。

周囲には庭が広がっている。意外に広い。建物も郁海が想像していたより大きく、ダッチコロニアル様式ともいうべき、レンガと白木を使った外観の洋館だ。少し古めかしい印象も、むしろ建物にはあっている。

エンジンもライトもつけたまま加賀見は車を降りていった。玄関《げんかん》の前に立ち、ときおりこちらに目を向けながら鍵《かぎ》を開ける。

玄関の中と外に照明がついてようやく、これは郁海に対する配慮《はいりょ》なのだとわかった。周囲に街灯はまったくないから、建物に明かりを灯《とも》す前に車の中を暗くしたら、それこそ暗闇《くらやみ》に包まれてしまう。

戻ってきた加賀見は、助手席のドアを開けて言った。

「玄関で待っていなさい」

郁海は頷《うなず》いて、自分の荷物を手に玄関へと向かった。ヘッドライトのおかげで、怖《こわ》いと思うこともなかった。

身体《からだ》が玄関の照明の中に入ったと見るや、車のライトは消された。エンジンの音がしなくなった周囲は静寂《せいじゃく》に包まれていて、微《かす》かに波の音が聞こえた。

海が近いのだ。潮の香《かお》りもする。

加賀見は荷物と買ったものを手にやって来た。そうして郁海の肩《かた》を抱《だ》くと、明かりを点《つ》けながら中へと足を進めた。

靴《くつ》を脱《ぬ》がないスタイルは郁海には馴染《なじ》みのないものだ。静寂の中に靴音が響《ひび》いて、変に緊《きん》張《ちょう》してしまう。

中は火の気もなく外よりはマシという程度の寒さだ。

肩に回った手が、軽く動いた。

「自分の家だと思って、気軽にすればいいんだよ。スリッパも用意させたしね」

「ここ……誰の別荘なんですか？」

「もともと私の祖父が建てたんだよ。一度は姉のものになったんだが、家から遠いし、使わないというのでね。今は一応、私のものかな。全面的に祖母の趣味《しゅみ》でね」

一応も何も加賀見のものなのに、彼はそんな言い方をする。所有していることを、普《ふ》段《だん》は忘れているんじゃないかと思えてくる。実際、そうなのかもしれない。郁海がクローゼットの奥にしまったTシャツの存在を忘れてしまうようなものなのだ。

思わずこっそりと溜《た》め息《いき》をついた。

加賀見が暖房《だんぼう》をつけると、少しずつ部屋が暖まってくる。古く見えても手は加えてあるようで、古い家にありがちな暖房効率の悪さはないようだった。

リビングの天井《てんじょう》は高く、調度品も木や布を使った暖かみのあるものばかりだ。そして一目で高そうである。郁海が勧《すす》められたアームチェアは、無地に見えた布に同色の糸で刺繍《ししゅう》が入っているし、脚《あし》の形にしても細工が施《ほどこ》してあって、やたらと凝《こ》ったものだった。そして何よりも座り心地《ごこち》がいい。テーブルも重厚で大きく、動かすのも大変そうだ。

窓の向こうは真っ暗だった。おそらく海なのだろう。

「二階の寝室《しんしつ》を用意させたから、そこを使おう。まぁ、屋根裏みたいなものだがね。明かりをつけてくるよ」

加賀見はそう言い残して階段を上がっていく。

郁海はぐるりと室内を見回してから、立ち上がった。テレビもないのかと思っていると、キャビネットの中に隠《かく》されていたり、キッチンまで外観の雰囲気《ふんいき》を壊《こわ》さないようなもので揃《そろ》えられていたり、どうやらかつての持ち主はずいぶんと凝り性《しょう》であったらしい。

買ってきたものを空の冷蔵庫に収めてリビングへ戻《もど》った頃《ころ》、加賀見が二階から降りてきた。もっと音がするかと思っていたのに、階段を踏《ふ》んでも静かなものだ。

「落ち着いたかな」

「別に動揺《どうよう》なんてしてないですけど」

「そうか。てっきり、急に連れ出されておたおたしているかと思っていたんだが……」

もしかしてそれを期待していたんじゃないかと一瞬《いっしゅん》疑ってしまった。

「……確かに急でしたよね。あの、ここって、近くに誰も住んでないんですか？」

「途中に管理人が住んでいるよ。いくつか別荘はあるんだが、使っている様子はなかったな。今度は人里までそう遠くはないから安心しなさい」

加賀見が楽しげに笑うにはわけがある。以前、郁海が連れて行かれた山の中の別荘は、今回のように人の住んでいる界隈《かいわい》からけっして近くはなかったからだ。

「別に心配してないです」

郁海は加賀見に向き直った。

このままからかわれてなるものかという、ちょっとした反発心だった。だが加賀見はあくまで余裕《よゆう》だ。

「それはよかった」

何だかムキになっているのがバカらしくなってくる。溜め息をつきそうになったところを、ゆっくりと抱きしめられた。

彼と別荘《べっそう》で過ごすのは二度目だ。以前は監視《かんし》する者とされる者として、そして今回は恋人《こいびと》同士として、二人きりの場所にいる。

「五日分の食料は確保したから、外へ行く必要もないがね」

意味ありげな視線と言葉の意味はわかっていた。もともと恋人同士としての濃密《のうみつ》な時間を過ごすというのが目的でもあったのだから。

「日付が変わったね」

「はい……？」

「約束の五日間の、最初の日だろう？」

腰《こし》を抱かれてひょいと身体を持ち上げられて、爪先《つまさき》さえ床《ゆか》につかない状態のままで唇《くちびる》を塞《ふさ》がれた。

これからの五日間が予感されるような濃厚《のうこう》なキスに、たちまち郁海の理性は奪《うば》われていく。ゆっくりと下ろされたときには、もう脚に力は入らなくて、崩《くず》れるようにして加賀見の腕《うで》の中に倒《たお》れ込んでいた。

加賀見がアームチェアに座ったのは、単にそれが一番近くにあったからだ。それほどまでに彼はもう待てないのだった。

郁海を横抱きに膝《ひざ》へ乗せたまま、加賀見は深いキスをし続ける。そうしながらも目的を持って手は動き、郁海の靴を床に落として、服を脱がしていく。だが寒さを懸念《けねん》してか、シャツはボタンを外すだけで肩から落としはしなかった。

「い、いきなり……っ」

まさか着いてすぐに抱かれることになるとは思っていなくて、郁海はキスの合間にそれを訴《うった》えた。

「今さら心の準備は必要ないはずだよ」

ひんやりとした手が胸に触《ふ》れる。

身体が竦《すく》み上がったのは感じたからじゃなくて、あんまり加賀見の指が冷たかったからだ。

「や……っ」

「郁海は温かいね」

触れられると身体の熱が奪われていくようだった。だが、それが表面的なことだというのはわかっていた。加賀見に触《さわ》られてることで、郁海の身体はもっと深いところから別の熱を生み出していく。

「っ……ぁん……！」

すでに尖《とが》りつつあった胸の粒《つぶ》を指先で揉《も》むようにして押しつぶされ、びくんと身体が竦み上がる。

今度は冷たいからではなかった。そこから電流みたいなものが走って、郁海の中で眠《ねむ》る官能が呼び覚まされていくのがわかる。

「さらってきたようなものかな……」

笑うような声がした。

「な、に……？」

「誰《だれ》にも邪魔《じゃま》をされたくなかったのでね。まぁ、調べればわかるだろうが、マンションにいるよりはずっといいだろう？」

彼の言う通り、簡単に顔を出せる距離《きょり》ではない。邪魔……というのは、主に田中や相原を指すのだろうが、前島も例外ではないのだった。

「それに、こういうところのほうが郁海が素直になりそうだしね」

「どういう……意味ですか？」

「日常の中にいると、いろいろと気にしなくてもいいことを気にするだろう？　自分が子供だとか何だとか」

ジーンズのボタンが外されて、ジッパーがゆっくりと下へ引き下ろされる。露《あら》わになった下肢《かし》に、外気が絡《から》みついた。寒くはないが、こんな恰好《かっこう》で見つめ合って話す……という状態がひどく恥《は》ずかしかった。

「こういう場所は、その必要もない。海の近く……というリクエストもあったことだし……」

「っぁ……！」

きゅっと胸の突起《とっき》を摘《つま》まれて、甘い声がこぼれる。

静かな別荘の中に、それは恥ずかしいくらい大きく響《ひび》き渡《わた》った。

「あのまま、マンションにいたくはなかったしね」

「ど……して……？」

「目の前で、他の男が堂々と君に告白なんかしてくれたせいでね。当然、面白くはなかったわけだ」

平然としているように見えていたのは、彼なりのポーズだったということだ。高校生の前で、みっともないところを晒《さら》したくはなかったのだろう。

それは郁海にも理解できた。同時にひどく申し訳ない気分になる。忠告を受け入れなかった後ろめたさだった。

乱れ始めていた息を整えながら、郁海はじっと加賀見を見つめた。

「笑えるだろう？　君を信用していないわけじゃないんだ。ただ、他の男に奪われる可能性があるんだっていうことを、見せつけられたみたいでね」

「でも……」

「前島はともかくね。あれは友達としては悪くない」

理性的な大人の顔をして、加賀見は淡々《たんたん》と言う。それでも指先は、郁海を乱れさせるために肌《はだ》の上を這《は》い回っていた。

「今まで通りにするといい。多少のヤキモチは覚悟《かくご》して、ね」

笑いながらの言葉は本心で、要するに理性の部分で前島を郁海の友人として認めたということだった。そして感情的な部分では、ストレートに面白くないというわけだ。

加賀見に対して悪いと思いつつも、それ以外の方法は見つけられない。それに嬉《うれ》しいと思う気持ちもあった。

「ヤキモチ……焼くんですか？　加賀見さんが？」

「おかしいかな」

慌《あわ》ててかぶりを振《ふ》るだけで郁海は何も言わなかった。嬉しいなんて、何だか加賀見に対して失礼な気がしたのだ。加賀見たちの忠告を本気にしないでいた後ろめたさも少しある。

だからヤキモチで今こうしているのも、それでいいかと思えた。

目を閉じて、すべてを受け入れる意思を伝える。すると加賀見の唇が胸元に落ちて、音を立てながら敏感《びんかん》なところを吸い上げた。

かつてはそこにあることさえ意識していなかった場所が、愛される場所へと変わった。舌先で転がされ、軽く歯で嚙《か》まれたりすると、どうしようもなく感じてしまって、声を抑《おさ》えられなくなる。

唇が離《はな》れて、もう一方の突起をしゃぶられた。

「っぁ……や、んっ……」

触られてもいなかったのに、すでにそこは他への刺激《しげき》のせいですっかり固くなっていて、ちゅっと音を立てて吸われると、甘い痺《しび》れが下肢にまで走り抜《ぬ》けた。唇が離れていったほうの粒は、指の先で弄《いじ》られる。

弱いところを両方攻《せ》められて、郁海はびくびくと身体《からだ》を震《ふる》わせた。

執拗《しつよう》にここを弄られて、それだけでいかされたこともあった。そのくらい、郁海は加賀見のせいで感じやすい身体にされてしまっている。そう、郁海にとって悪いのは加賀見だ。だって彼にそうされるまで、自分がこんなところをいじくりまわされて快感にのたうつなんて考えたこともなかったのだから。

「……っん……ぁ、は……」

胸に顔を伏《ふ》せる加賀見は、まるでそれがひどく甘いものであるかのように、執拗に舐《な》めたり歯を立てたりする。

内側に熱が溜《た》まっていく。

強烈《きょうれつ》な快感ではなくて、じわじわと精神を溶《と》かしていくような甘い疼《うず》きに、まともに考える力が弱くなっていくのがわかる。

胸への刺激だけで、触れられてもいない前が反応してしまっている。

郁海は力の入らなくなった腕で、それでも必死に自分の上体を支えていた。がくんと折れたらひっくり返ってしまうかもしれないという不安に、意識はどうしても散漫《さんまん》になりがちだ。愛《あい》撫《ぶ》にだけ夢中になっていられない。

上目遣《うわめづか》いに見つめた加賀見は不満そうに唇《くちびる》を離すと、郁海を抱《かか》え直して脚《あし》を前に下ろさせ、背中を軽く押し出した。

「え……？」

「テーブルに乗ってごらん」

振り向きかけていた郁海は、思わずまじまじと目の前のテーブルを見つめてしまった。立ったら郁海の膝上くらいしかない低いマホガニーのテーブルだ。だが頑丈《がんじょう》そうな造りで、郁海が乗ったところでどうこうなるような安っぽいものじゃない。

ただし問題はそんなことではなかった。

「あの……?」

「そのまま膝《ひざ》と手をついて」

「で、でも……」

自分の恰好を想像してみただけでくらくらと目眩《めまい》がしそうだ。

加賀見の前で俯《うつぶ》せになったことは一度や二度ではない。さんざん全裸《ぜんら》を見られてきたし、恥ずかしい恰好もたくさんしてきた。けれど、それはいつもベッドやソファ、ちょっと変わった場所といってもせいぜい風呂《ふろ》の中だった。

リビングのテーブルなんて、すんなりと受けられる場所ではない。大したことじゃないと知っているけれど、郁海にとっては違《ちが》うのだ。

「べ……ベッドで……」

「後でね」

一度では終わらないのだと言外に告げられた。もっともそれは覚悟できていたから、今さら衝撃《しょうげき》的ではなかった。

せめてすぐ近くの長椅子《ながいす》のほうに……と思っていると、加賀見は背中から郁海を抱《だ》きしめて、うなじに唇を這《は》わせてきた。

「あ……」

「いい子だから、やってごらん」

郁海はぎゅっと目を閉じる。すべてを受け入れようと思った自分を思いだした。少しぐらい恥ずかしくても、加賀見が味わった不快感を思えば何てことはない。

はー、と息を吐《は》き出して、おずおずとテーブルに乗り上がる。テーブルの上はひんやりとした感触《かんしょく》だったが、金属のような冷たさではなかった。

手を突《つ》くと、腰《こし》を突き出すような恰好になる。

加賀見がシャツの裾《すそ》を捲《めく》り上げて、両手で尻《しり》に触《ふ》れた。ぐっと広げるようにされて身を固くする間もなく、濡《ぬ》れた温かな感触に見舞《みま》われる。

「っ……」

それが舌だということくらい、嫌《いや》というほど知っていた。そこを舐められたことも、もう何度もあった。

身体は慣れたけれど、いまだに心は慣れてくれない。そんなところに口をつけられるなんて、今でも抵抗《ていこう》があった。

なのに加賀見は構うことなく、舌を使った。

湿《しめ》ったいやらしい音が郁海の羞恥心《しゅうちしん》を煽《あお》る。溶け始めていた身体が、優しく舐められることでさらに蕩《とろ》けていく。

「や……ぁ、……っん……」

張りつめたものの先から落ちる滴《しずく》がテーブルを汚《よご》し、郁海の熱を吸った部分の木が冷たくなくなっていった。

さんざん舐めほぐしてから、舌がまるで生き物みたいに入り込んでくる。

「ぃやぁ……っ」

甘い声は、きっと誰《だれ》が聞いたって「嫌」だという意味には取らないだろう。

身体を内側から愛撫されている。それが郁海に与《あた》えるのはまぎれもない快感であって、嫌悪《けんお》でも不快感でも、ましてや痛みでもない。心の抵抗感すらも、結局は疼くような快美感の中に飲み込まれていった。

舌が引き出され、またそこを押し広げる。奥まで入り込んでいるわけじゃないのに、指よりもずっと「入ってくる」感じがして仕方がない。

感触のせいなのか、あるいは意識の問題なのか。

おそらく両方なのだろう。直接的に煽られる快感ではなく、じわじわと深いところから形をなくしていくような甘くてせつない感覚に、身体も意識もどうにもならなくなっていく。

「ぁ……ふ、っぅ……あぁ……っ」

いきなり別のものが中に突き入れられた。

舌よりもずっと奥まで入り込んだそれに、内側の肉が無意識に反応《はんのう》していた。指だと意識したのは身体のほうが早かったかもしれない。

深く指を沈《しず》めたまま、根本の部分だけがぐるりと大きく旋回《せんかい》する。広げるみたいにして縁《ふち》を

辿《たど》られた。

それからゆっくりと引き出され、ざわざわと肌《はだ》が粟立《あわだ》った。

長くて節くれ立った指が蠢《うごめ》くたびに、耐《た》えきれずに声を上げた。

たぶん、中を触《さわ》られるのは嫌じゃない。そこに限らず、加賀見が触れてくるところはどこもかしこも感じるところで、本当は口で言う「イヤ」の類《たぐい》なんてまったく意味がないのだ。

当然そんなことは加賀見も承知だった。

無意識に腰が揺《ゆ》れてしまう。もう何度も抱かれているうちに、身体《からだ》が勝手にそういう反応をするようになってしまったのだ。

笑う気配がして、剝《む》き出しの尻にキスをされた。可愛《かわい》い……なんて呟《つぶや》きは、残念ながら今の郁海の耳には入ってこない。

「ぁあっ……や、っん……あ……ぁっ！」

ぎりぎりまで抜かれていった指に、別の指が添《そ》えられて、ゆっくりと深いところを目指していく。

ぽたぽたと、滴《しずく》が落ちた。

二本の指が中で好き勝手に、だがあくまで優《やさ》しく動くたびに、身体中の力という力がどこかへ抜け落ちていきそうになる。

上体を支えている腕《うで》が、がくがくと震えた。

「顔を打ったら大変だ」

そんな呑気《のんき》なことを言って、加賀見はテーブルに膝をついて、背中から覆《おお》い被《かぶ》さるようにして郁海を抱きしめた。だが奥深いところを探《さぐ》る指はそのままだ。二人分の体重を受け止めても、頑丈なテーブルはびくともしない。

うなじに吸い付きながら、同時に指が中で折り曲げられる。

「あぁっ……！」

びくんっ、と腰が跳《は》ね上がった。

最も弱いその部分を、加賀見は郁海よりも確実に知っている。いたずらをするように指の腹で刺激《しげき》されて、頭の中が白くなっていく。

甘く蕩けるような愛撫じゃない。これはもっと激しい、苦しさにも似た強烈な快感だった。

じっとしていられなくて、何度も腰を捩《ねじ》り立てた。

「ひぁっ、や……っぅ、あっ！　い、やぁ……っ！」

自分が泣いていることも、郁海は気づいていなかった。頭の後ろで何かが弾《はじ》けるような感じがして、びくびくと断続的に全身が痙攣《けいれん》する。

崩《くず》れそうな身体は加賀見に支えられ、やがてゆっくりとテーブルに下ろされた。

冷たい感触が肌に心地よいくらいだ。

腰だけ高く上げた恥《は》ずかしい恰好《かっこう》を郁海が自覚する間もなく、さんざん弄《いじ》られて熟れかけた最奥に、加賀見の高ぶったものが押し当てられる。

「ん……」

その感触を知ると、郁海は無意識に身体から力を抜《ぬ》こうと息を吐く。

先を含《ふく》まされて、熱さに陶然《とうぜん》となる。じくじくと熱を持って爛《ただ》れたそこを、加賀見にかき回してほしいとさえ思う。

呼吸にあわせて少しずつ、圧倒《あっとう》的なものが入り込んでくる。喉《のど》が反って、掠《かす》れた悲鳴がこぼれた。

身体の中が埋《う》め尽《つ》くされてしまうんじゃないかと思うほど、加賀見でいっぱいになる。繋《つな》がっていくこの瞬間《しゅんかん》に、郁海はいつも幸せを感じた。

耳元にキスをされて、奥まで入ったのだと知る。

そっと息を吐き出した。これから訪れるはずの狂《くる》おしいほどの快楽を思うと、期待と恐《おそ》ろしさがないまぜになった、とても複雑な気持ちになるのだ。

「いいか?」

囁《ささや》きに、郁海は黙《だま》って頷《うなず》いた。

ゆっくりと加賀見が動き始める。テーブルの上に突っ伏《ぷ》した恰好のまま、郁海はその律動に全身を揺さぶられた。

腰が引かれていくその感触に総毛立ち、押し開かれながら抉《えぐ》られる感触に狂わされていく。

　他に何もされなくても、もうそれだけでたまらないほど感じた。

　自分がとろとろに溶《と》けていくのがわかる。外側だけはどうにか形が残っているのに、内側がハチミツみたいにとろりと形を失っていくようだった。

　腰を抱《だ》かれ、不意に後ろへ引き寄せられる。

「っ……う……」

　気がついたときには、加賀見の膝《ひざ》に座らされていた。身体は繋がったままで、背中から抱きしめられた。

　前に回った指先が、赤くなって尖《とが》った胸の粒《つぶ》を弾《はじ》く。

「ぁん……！」

　そのまま両手で胸を弄られて、ひどく感じさせられた。そのたびに中にいる加賀見を締《し》め付けてしまい、自分もどんどん抜き差しならない状態へと追い込まれていく。後ろを何とかして欲しいのに、足もつかない状態の郁海には上手《うま》く動くことができないのだ。

　両手をアームにかけようとしたら、意地悪く阻止《そし》された。両手を取られて、その指先で自分の胸を弄らされる。

「や……加賀、見さ……っ」

　郁海は泣きそうになって、いやいやをするようにかぶりを振《ふ》った。

　こんなんじゃ、生殺しだ。さんざん郁海に愛撫《あいぶ》を与え、快感を教え、抱かれることに慣れさせたくせに、焦《じ》らすなんてあんまりだ。

「うん?」

加賀見を締め付けて、こっちだと言っているのに、彼はわざとわからない振りをして、耳を噛《か》んでくる。

そこだって、とても弱いのに。

感じるところをいくつも同時に愛撫され、それでも一番欲しいことはしてもらえなくて、郁海は目にじわりと涙《なみだ》をかべた。

それに気づいて、ようやく加賀見は宥《なだ》めるようなキスを耳の後ろにした。

とりあえず反省したらしい。

彼は郁海の腿《もも》を後ろから両腕《りょううで》で抱《かか》え込み、ぎりぎりまで腰《こし》を持ち上げると、それを一息に引き下ろした。

「あぁぁっ!」

頭のてっぺんまで衝撃《しょうげき》が走り抜けた。

加賀見は軽々と身体を揺さぶり、郁海を滅茶苦茶《めちゃくちゃ》に翻弄《ほんろう》した。自分のペースでは何もできなくて、まるで荒波《あらなみ》の中に放り出されるみたいにして、おかしくなりそうな快感に飲み込まれていくばかりだった。

浅く深く、繰《く》り返される。何も考えられなくなって、ただ快感を貪《むさぼ》って喘《あえ》ぎ、歓喜《かんき》の中で震《ふる》えるだけの生き物になってしまったようだった。

「ん、も……っだ……ぁ！」

深々と突《つ》き上げられて、郁海は悲鳴を上げた。放った声は甘く掠れた尾《お》を引き、同時に郁海の意識をどこかへ飛ばしてしまう。

失神したわけではない。だが限りなくそれに近い状態ではあるだろう。

断続的に注ぎ込まれた精を、身体の奥で受け止める。白濁《はくだく》した意識の中で、ぼんやりとそれを感じていた。

たぶんこれも嫌《きら》いじゃなかった。

郁海はぐったりとして身体を加賀見の胸に預け、少しずつ感覚や考える力が戻《もど》ってくるのを待っていた。

正気になった後に待っているのは、相手の顔を真っ直ぐに見られないほどの猛烈《もうれつ》な恥ずかしさだ。もっとも、その前に次を求められることも多いので、翌日にいたたまれない気分を味わうことのほうが遥《はる》かに多い。

今日も例外じゃなかった。

加賀見は口で耳朶《みみたぶ》をいたずらしながら、指先でまた郁海の胸を弄っている。

「や、だ……っ……」

「何が？」

意地悪く尋《たず》ねる声はひどく楽しそうだ。

「ここじゃ……」

かぶりを振りながら、泣き声で訴《うった》えると、宥めるようなキスが肩《かた》に落ちる。これは了承《りょうしょう》の意味なのか、あるいは単に軽く流されているのか、よくわからない。

不自由な体勢のまま、郁海は身を捩《よじ》って加賀見に抱きついた。

抱きしめてくる腕《うで》の優《やさ》しさに、ひどく安心した。

窓から差し込む日が当たって、うとうとしていた郁海は顔をしかめた。

眩《まぶ》しさに長いまつげが震え、やがて薄《うす》く目を開いた。腕で顔のあたりを庇《かば》っているのは無意識のことだ。

この部屋には夕日が入る、ということはすぐにまた夜が来るという意味だった。眠《ねむ》ったのはとっくに朝を迎《むか》えたころだ。郁海自身、眠ったのか気を失ったのかよくわからないまま、とにかく意識を失った。寸前の記憶《きおく》は、身体《からだ》の中をぐちゃぐちゃにかき回されて、泣きながら喘《あえ》いでいたときのことだ。それがこうしてパジャマを着ているというのは、それがたとえシャツだけであっても、また加賀見の世話になったということを意味している。

身体は綺麗《きれい》に拭《ふ》かれていた。けれども奥にはまだ熱が残っているし、鈍《にぶ》い疼《うず》きとも甘い痺《しび》れとも言えるような違和《いわ》感《かん》が確かにあった。それどころか、まだ加賀見が入っているような感じすらあるのだ。もちろん実際にそれが入ってくれば、錯覚《さっかく》を遥かに上回る存在感で郁海を征服《せいふく》し、正気を奪《うば》うのは間違《まちが》いない。

この熱は、ちゃんと引いてくれるのだろうか。このまま身体が元に戻らなかったら……と思うと途方《とほう》に暮れてしまう。

溜《た》め息《いき》をつきながら天井《てんじょう》を眺《なが》め、その形状をすっかり目が覚えてしまったことに気がつく。

寝室《しんしつ》はそう広いわけではなかったが、ベッドは大きい。高さのあるタイプで、恥《は》ずかしいことに天蓋《てんがい》つきだった。高校生の男の子としてはもちろん抵抗《ていこう》があったが、この別荘《べっそう》はすべてこのタイプだと言われて諦《あきら》めるしかなかった。カーテンを閉められ、その狭《せま》い空間の中で抱かれるのは、室内の間接照明も手伝って、郁海を妙《みょう》な気分へと追い込んだ。囚《とら》われている、というイメージが頭の中を支配しているせいかもしれないし、この世界の中で加賀見と二人きりしかいないような錯覚を起こすせいかもしれない。

（ここ……まずいよ……）

マンションでしているときよりも、ずっとおかしな気分になってしまう。淫蕩《いんとう》な過ごし方をしているのすら、当たり前のことだと思えてくるくらいに。

今もカーテンは閉じられていて、一部だけが開いていた。そこから日が差し込んで来るのだった。

「あ、れ……？」

ぼんやりと窓の外に目をやった郁海は、そこに加賀見の姿を認めて目を瞠《みは》る。

加賀見はバルコニーに立って煙草《たばこ》を燻《くゆ》らせていた。

逆光で顔は見えない。けれどもその様子はどこか物憂《ものう》げで、ひどく官能的だ。こういうどこから見ても男らしい人でも色っぽいなんてことがあるのだということを、郁海は加賀見に出会って初めて知った。

彼は郁海に気をつかって外で煙草を吸っているのだ。最初の頃《ころ》に、反発心から自分の前で煙草を吸うなと言ったのだが、彼は律儀《りちぎ》にそれを守っている。

「いいって言わなきゃ……」

前からそう思っているのだが、なかなか機会がなくてそのままだった。

怠《だる》い身体を叱咤《しった》して上体を起こし、シーツの上にぺたりと座り込んで、ふうっと大きな息を吐《は》き出した。息はまだ熱を帯びている気がしたし、甘ったるく感じる。それほどにずっと、淫《みだ》らな過ごし方をしていた。

思い出すだけで、顔が熱くなる。昨日もおとといも、夜と言わず昼と言わず抱き合って、それ以外にしたことと言えば、食べることと眠ることくらいだった。正月にも人に言えないような過ごし方をしたものだが、今回はそれ以上だ。おかげでこうして起きあがるだけでもおっくうで、とても立ち上がろうなんて気力は湧《わ》いてこない。もし気持ちがあったとしても、まともに歩けるかどうかも定かじゃなかった。

まだ加賀見は郁海が目を覚ましたことに気づいていなかった。それをいいことに、じっと彼を見つめた。

風が強いのか、煙《けむり》はあっという間にかき崩《くず》されて流れていく。加賀見の髪《かみ》もシャツも風に揺《ゆ》れていた。

声をかけたほうがいいかもしれない。そう思いながらも長い指先から目が離《はな》れない。少し無骨な指は男らしくて、そして綺麗《きれい》だ。あの指がいつも郁海を翻弄し、めちゃくちゃに乱れさせる。身体中を愛撫《あいぶ》して、中であやしく蠢《うごめ》いて……。

ぞくりとして、慌《あわ》ててかぶりを振《ふ》った。

熱を逃《に》がそうと、ゆっくり息を吐き出した。

視線に気がついたのか、加賀見がこちらを向いた。表情は見えないが、笑っているような気がした。

煙草をもみ消して加賀見が窓を開けると、ひやりとした空気が入り込んでくる。郁海は思わずベッドの中に戻って、顔だけ出して恋人《こいびと》を見つめた。

想像していた通りの顔で、加賀見はベッドサイドに座った。

「ようやく起きたか」

からかうように言われ、郁海は不満そうな顔をして見せる。

誰《だれ》のせいだと思っているんだろう。寝《ね》かせてくれないから、そしてくたくたになるほどに身体を酷使《こくし》されるから、こんな時間に起きることになってしまったのに。

頬《ほお》に伸《の》ばされた指先の冷たさに、郁海は思わず竦《すく》み上がった。それでも、そんな指先すら愛《いと》しくてたまらなかった。その指でもっと触《さわ》られたいと思ってしまう。熱くて仕方がない身体に、冷たいそれが欲しかった。

浅ましい思いを押し隠《かく》すように、郁海は言った。

「加賀見さんのせいじゃないですか」

「共同責任だと思うがね」

楽しげに笑いながら、加賀見は郁海の顔の両側に手をついて、ほとんど真上から見下ろしてきた。

「僕のせいでもあるってことですか……？」

「違《ちが》うか？」

「だって、加賀見さんが……っ」

言い返そうとして言葉に詰《つ》まった。さすがに「しつこいから」とか「何回もするから」とは面と向かって告げられなかった。

なのに加賀見は、まるで見透《みす》かしたように言う。

「身体を離そうとするとしがみついてきたり、もっと、なんて言われると、つい応えたくなってしまうんだがね」

「う、うそ……っ」

「覚えていない？　じゃあ無意識だ。深層心理というやつだね」

違う、と言おうとしたのに言えなかった。いきなり唇《くちびる》を塞《ふさ》がれてしまって、寝起きにするキスとは思えないほど深く貪《むさぼ》られる。もっとも寝起きなのは郁海だけだ。加賀見はずいぶんと前から起きていたのだろう。

キスは煙草の味がした。

思うさま口腔《こうこう》を蹂躙《じゅうりん》していた口が離れて、代わりに首筋に吸い付く。遠慮《えんりょ》なく吸い上げられて、ぴくりと肌《はだ》が震《ふる》えた。

「また……っ……」

「何か食べるか？　腹は？」

「い、いらない……！」

のんびりと食事の心配なんかしたくせに、加賀見の口はそれが済むとまったく別のことをするために動いていた。郁海の喜ぶところを甘噛《が》みし、舌でざらりと舐《な》め上げる。

鼻にかかった声が勝手に漏《も》れた。

両手でなけなしの抵抗を試みるが、あっけなく手は一纏《まと》めに頭上で押さえ込まれてしまい、余裕《よゆう》の笑《え》みを見せつけられる。

別荘に来た前後に比べたら、加賀見の機嫌《きげん》はすこぶるいいと言える。彼の言うように、誰の邪魔《じゃま》も入らないところで、好きなだけ好きなことをさせているのだから当然だ。これで不満だと言われたらたまらない。もっともその必要はなさそうだけれど。

「も……だめ、ですっ……」

「どうして？」

「ここ来てから、してばっかりだし……っ」

「五日間は、私にくれる約束だろう？　普段《ふだん》は理性を働かせているから、その分をここで発散しないとね」

まるでマンションではまったく郁海を抱《だ》かないような言いぐさだ。週末は必ずといっていいほどで、週の途中《とちゅう》でもするときはするのに、よくも言えたものである。

「それに、あさってには帰らないといけないしね」

「……帰ってもあんまり変わらないような気がするんですけど……」

「学校が始まったらまた考慮《こうりょ》しよう」

加賀見はそう言いながら額にキスを落とした。

始まるまではどうするつもりかと聞きたかったが、聞くだけ無駄《むだ》なことに思えて黙《だま》っていた。本当に嫌《いや》だったら、言葉遊びのような会話を交わしていないで、本気で嫌だと言えばいいだけ

のことだ。

もっとも郁海が言うことはないだろう。

少し温まって、それでもまだ十分に冷たい指が脚《あし》の間に伸びる。

「ここも綺麗《きれい》にしないとね」

「っあ……！」

声が上がるのは冷たかったせいだと信じたかったけれども、爛《ただ》れて熱を持ったところを鎮《しず》めるような指先がもっと欲しくて、郁海は自ら誘《さそ》い込む動きを取ってしまう。

自覚して、かぁっと耳まで赤くなった。

加賀見が笑い、さらに冷たい指を増やした。

「や、んっ……」

「どうしてそう可愛《かわい》い反応をしてくれるんだろうね」

まるで熱を吸い取ることだけが目的みたいに、少しも動かない指がもどかしい。けれど中で動かされたら動かされたで、きっとまた新たな熱に翻弄《ほんろう》されることになる。

セックスに関してだけ言えば、何一つ郁海の思い通りにはならなかった。いつもいつも加賀見の好きなようにされてしまっている。たとえば郁海が求めることがあったとしても、つまりは加賀見によってそういうふうに追い込まれてしまうからなのだ。

優しくて残酷《ざんこく》な指先が郁海の身体《からだ》に馴染《なじ》んでいく。

宥《なだ》めるようにして口づけられた。煙草《たばこ》の匂《にお》いが鼻腔《びこう》をついた。こんなときだけれど、言ってしまおうと思った。そうでないとまたずるずるとタイミングを逸《いっ》してしまいそうだ。

「煙草……吸ってもいい、ですから……っ」

脈絡《みゃくらく》もなく告げられた言葉に、加賀見は驚《おどろ》いて目を瞠《みは》った。

「嫌《きら》い……ですけど、何か……加賀見さんの匂いかなって、思って……。今は、前ほど嫌いじゃないから……」

潤《うる》んできた目で見つめながら言うと、目の前で端整《たんせい》な顔がその表情を和《やわ》らげた。

「やはり、そうやって人を煽《あお》る君の責任も重大だな」

笑みを含《ふく》んだ声と共に、指先が郁海をかき乱す。

カーテンに閉ざされた空間は、またねっとりとして甘ったるい気配に満たされて、郁海を本能だけの生き物に変えていった。

10

ベッドに戻《もど》って、倒《たお》れ込むようにして横になって、郁海はもう何度目かもわからない溜《た》め息《いき》をついた。

何もする気が起こらなかった。

別荘《べっそう》から戻ったのは昨日の夜で、すぐに眠《ねむ》ってしまった郁海が起きたときには今日の昼過ぎだった。もちろん戻ってからは何もされていないのだが、昨日の昼頃《ごろ》まで加賀見を受け入れていた身体の怠《だる》さは抜《ぬ》けていない。全身がくたくたで、歩くにも不自由をしている有様だった。

気力というものすら、どこかへ置き忘れてきてしまったようだ。

どこかへ……なんて考えておかしくなった。あの別荘に決まっているというのに。

身体に力が戻れば、気持ちも少しは引き締《し》まるだろうか。非日常の中にいたときのリズムから、元の生活のリズムに戻れるだろうか。

横になっていると、そのままシーツに吸い込まれていきそうになる。

本当に別世界にいたのだと思う。電話がくることもかけることもなく、テレビさえ一度も見ないで、この世には加賀見と郁海しかいないみたいにして過ごしたのだ。もっとも外界と隔絶《かくぜつ》状態にあったのは郁海だけで、加賀見は外と連絡《れんらく》を取り合っていたのかもしれないし、郁海が眠っている間にニュースなんかをチェックしていたようだ。ただそれが気づかないところで行われていた……というだけで。

どちらにしても、別荘にいる五日間、郁海にとっては加賀見だけがすべてだった。他のことは何も考えなかった。

(自分がどんどんだめになっちゃう感じ……)

だがそれは甘美な誘惑《ゆうわく》だった。快楽に溺《おぼ》れていくのは本当に簡単だ。きっと加賀見がその気になったら、郁海はたやすくだめになってしまう。

身体の奥にずっとあった熱はもうずいぶんと引いていた。暮らし慣れたマンションの、いつもの自分のベッドで一人でいるせいかもしれないが、何よりも近くに加賀見がいないことが大きい。

眠っている間に出ていった郁海の恋人《こいびと》は、きっと何ごともなかったような涼《すず》しい顔で出勤していったのだろう。今頃は相原の詮索《せんさく》をあれこれ受けながら、溜まった仕事でも片づけているに違《ちが》いない。

何であんなに平然としているのかと、理不尽《りふじん》な思いに駆《か》られた。昨日だって、ぐったりとして動けなかった郁海の身支度を整え、車まで運んでくれて、帰途《きと》についたのだ。運転をする横顔は、別荘でのことがうそみたいにストイックそうに見えた。知らない人が見たら、具合の悪い未成年者とその保護者……でしかなかったことだろう。郁海の目にも、実に理知的に見えたものだった。

高校生に手を出して、動けなくなるくらいいやらしいことをするくせに。

だがそんな加賀見も好きなのだから始末に負えない。ましてや、本気で嫌がりもせずによがりまくっていた郁海に、相手を責めることなどできないのだ。

「惚《ほ》れた弱みってことかなぁ……」

ぽつんと呟《つぶや》いて、恥《は》ずかしくなった。今のが誰《だれ》にも聞かれずに済んでよかったと思う。頭から羽布団《はねぶとん》を被《かぶ》り、赤い顔を覚まそうと深呼吸を繰《く》り返した。

何だかまたどっと疲《つか》れてしまって、今日はとてもじゃないが夕食の支度なんてできそうもないなと、郁海は小さく嘆息《たんそく》した。

「いい加減に、吐《は》いたら？」

相原は溜《た》め息《いき》まじりにそう言って、注いだばかりのコーヒーをすすった。

今朝から何度、似たようなセリフを聞いたことだろう。加賀見がいつもより遅《おそ》く事務所に来ると、まさに待ちかまえていた相原はすぐにこちらへ顔を出し、開口一番に「どこで何をしていたのか」と尋《たず》ねたのだ。

それから夕方になる今の今まで、幾度《いくど》となく尋ねられた。五日間の旅行に興味があって仕方がないらしい。

自分の事務所に帰ろうとしない相原に閉口しつつも、受け流す術くらいは心得ていて、加賀見は黙々《もくもく》と報告書の作成を続けていた。

「田中氏もねぇ、心配してたよ。加賀見はどこに郁海を隠《かく》したんだ……って、それはもう滑稽《こっけい》なくらい」

「もう話した」

朝一番に電話がきたのである。

相原もうるさいが、田中はもっとうるさかった。五日間、ほぼ連絡を絶っていたことがよほど気に入らなかったようだ。

「まるで拉致《らち》したような言いぐさは心外だがね」

恋人と旅行をしただけだ。もっとも、旅行……という言葉が正しいかどうかは判断に苦しむところである。別荘からは見事に一歩も出なかったのだ。

「ふぅん……。似たようなものだと思うけどね。どうせ、どこかに籠《こ》もってやりまくっていたんだろう？」

「そういう品のないことを郁海の前では言わないでほしいね」

「もちろん言わないよ。直接的な言葉ではね。ああ……加賀見なんかに聞くより、郁海くんに聞いたほうが手っ取り早いか。きっと耳まで真っ赤になって、しどろもどろに何か言ってくれるんだろうなぁ」

実に楽しそうに呟いて、相原は満足そうに頷《うなず》いた。

気持ちはよくわかる。あの反応は愛《いと》おしくも楽しい。それが加賀見を増長させている原因でもあった。

できあがった文書をプリントアウトして、目を通す。一区切りついたとみたのか、相原は作り置きのコーヒーをカップに注いでくれた。

「それで、上手《うま》くいってるわけ？」

「おかげさまで」

「あ、そう。寛容《かんよう》な子だこと」

そんなことは誰よりも加賀見が知っている。わざわざ相原に言われなくてはならないことじゃなかった。

「まぁ、せいぜい見捨てられないようにね。他の誰かに心変わりされたりとか」

「そうするよ」

「ええと、何て言ったっけ……前島くんだったかな」

急に相原は笑顔《えがお》の質を変えた。

「……それが？」

「おとといだったかな。ここに来たんだよ」

まるでとっておきのカードを披露《ひろう》するように、ここぞとばかりに相原は笑う。どうやらずっとこのタイミングを狙《ねら》っていたようだった。

「何をしに？」

「いくら電話しても郁海くんに繋《つな》がらないけど、どうかしたんですか……ってね。それで電話帳で調べてここへ来たらしいよ」

「なるほど」

ずいぶんと行動力があるらしい。だがそれだけでは相原と会うまでには至らないはずである。視線で先を促《うなが》すと、あっさりと種明かしがあった。

「で、こちらの事務所も閉まってる……ってことでね、お隣《となり》さんどうかしたんですか……って、聞きに来たわけ。物怖《ものお》じしない子だねぇ」

「何て言ったんだ？」

「加賀見と旅行中だって、正直に言ったよ。で、今日は出勤してくるはず……と言っておいたから、来るんじゃないかな」

「……ここへ？」

郁海に会うためにマンションへ……というのが自然だから、加賀見は目を細めて相原の様子を窺《うかが》った。

「加賀見に話があるそうだよ。郁海くんのことでね」

ニヤニヤと笑うその様子は心底楽しそうだった。この様子だと、どうやら旅行前夜のできごとを前島から聞きだしたのだろう。

思わず小さく舌を打った。

「いやぁ、若いっていいよねぇ」

今にも鼻歌が出そうな上機嫌《じょうきげん》だ。この友人は、加賀見の恋愛《れんあい》に障害が出るのが嬉《うれ》しくて仕方ないようだった。理解できないのは、他人の幸せが許せない……というわけではないことだ。いっそそれならば理解もたやすいのだが、相原の場合はあくまで上手くいっていることが前提で、加賀見が顔をしかめる様が見たいのである。

「六時……って言っておいたから、そろそろかな」

時計は五分前を指している。加賀見がパソコンの電源を落としているうちに針が進み、ノックの音が聞こえた。

本当に来たらしい。

事務所の主である加賀見がいいとも何とも言っていないのに、相原はそそくさとドアを開けに行ってしまった。

「やぁ」

「あ、どうも……こんにちは」

前島の視線がちらりと加賀見に向けられた。

目があうと、前島は礼儀《れいぎ》正しくぺこりと頭を下げてくる。そうなったら加賀見も大人の対応をするしかなくなって、内心はどうあれ訪問者を快く迎《むか》えて見せた。

とっとと自分の事務所へ帰ればいいものを、相原は率先してコーヒーの用意をしてまでこちらに居座るつもりだった。

「郁海ならマンションだが？」

余計な話をするつもりもなく、加賀見はまだ前島がソファに座るか座らないかのうちに自らそう切り出した。

「あ、はい。それはわかってます。今日は加賀見さんに言っておきたいことがあって」

「私にね……どういうことかな」

「や、こないだの続きって言うか、とりあえずの決着っていうか。俺、今んとこあんたのライバルになる気はないんで。一応それは、はっきりさせとこうかな……と」

「あれ、そうなの？」

相原は意外そうな、そしてひどく残念そうな様子だった。予想していた展開と違《ちが》うので、不満気ですらある。

「分の悪い勝負はしないことにしてるんです」

「若いのに思い切りが足りないねぇ。もっとこう、当たって砕《くだ》けるってことはしないの？」

「友達じゃなければしたかもしれないですけど。友達相手に砕けたら、それから付き合ってくの難しいっすよね」

冷静な前島の物言いに、相原は小さく肩《かた》をすくめた。

言い分はもっともで、それこそ部外者である相原が無責任に何かを言ったところで、余計なお世話……でしかない。そのあたりは相原も理解はしているようだった。

「俺、かなりいい友達になると思うんですよね。だから、そっちは邪魔《じゃま》しないでくださいよ。言いたいのはそれだけです」

「こちらこそ。郁海をよろしく」

前島の言葉に裏はないだろう。加賀見に対してどうというよりも、郁海に対して彼は誠実であろうとしてるのだ。

加賀見の余裕《よゆう》の態度が不服なのか、前島は面白くなさそうに溜《た》め息《いき》をついた。

「やだなー、大人の余裕かましてさ」

「君の倍は生きているんだよ」

「思ったんだけどさ、郁海ってけっこうファザコンだよな。だから年上のあんたとかがいいのかなぁ」

ぶつぶつと呟《つぶや》く前島は、大して情報を持っていない割にはいいところを突《つ》いてくる。加賀見を選んだ理由はともかくとして、ファザーコンプレックスは当たっていた。

「なーんか、癪《しゃく》っつーか……」

前島はすっかり自分が優位に立ったつもりでいたようだ。加賀見よりも高い位置から、引いてやるよという気持ちだったわけだ。

可愛《かわい》いものだ。大人びていても、この年にしては多少の経験があるにしても、まだ十分に子供らしい。少年らしい背伸《せの》びと格好付けはむしろ微笑《ほほえ》ましかった。

「それで、話したいことというのはそれだけかな」

「あとは言わなくてもわかるでしょ」

「そのあたりは、もう郁海の父親にも釘《くぎ》を差されているのでね。君が心配してくれなくても大《だい》丈夫《じょうぶ》だ」

たとえば他の人間に気を取られるなとか、誤解させるようなことをするなとか。つまりは郁海を泣かせるなということだった。

前島はぎょっとして目を瞠《みは》る。実父が関係を知っているとは思わなかったのだ。

やがて彼は大きな溜め息をつくと同時に、ソファに深く凭《もた》れた。

「何だ……そこまで行ってたんだ」

「おかげさまでね」

出されたコーヒーに口を付けて、前島はかすかに口を尖《とが》らせて言う。

「郁海、元気っすか」

「たぶんね」

曖昧《あいまい》な答えに前島の眉《まゆ》がぴくりと上がった。

すると相原が今度も加賀見より早く説明に入った。

「出かけてくるときに寝《ね》てたんじゃないかな。旅行中の疲《つか》れが出てるんだと思うよ。ね、そうだろう？」

「そうだと思うが」

相原はにやにやと人の悪い笑《え》みを浮《う》かべているが、それは幸いにして前島からは見えていなかった。深い意味にまで気づきはしないだろう。

現に前島はふーんと鼻を鳴らしているだけだった。そのほうが平和でいいだろう。

加賀見はちらりと時計を見やり、今日は早く上がることに決めた。

玄関《げんかん》のほうで物音がしたのは、いつもよりも少し早い時間だった。

仕事を数日休んでいたので今日は遅《おそ》くなるかもしれないと思う一方で、早く切り上げることもあるだろうとは思っていた。どうやら後者だったようだ。

ガチャリとノブが回る。

「おかえりなさ……い……」

郁海は大きく目を瞠《みは》り、ベッドで横になったまま茫然《ぼうぜん》とドアのところを見つめた。加賀見がそこにいるのは当然として、その向こうに相原と前島の顔が見えたからだった。これは予想外だった。

思わずのろのろと上体を起こした。

「どうして……？」

「ちょっとね」

加賀見は苦笑して見せる。どうやら連れてきたわけではなく、ついてきてしまった……というのが正しいようだ。

「具合悪いのか？」

心配そうな前島に、郁海は曖昧《あいまい》な笑みを浮かべた。相原のほうはと言えば、こちらを見て意味ありげににやにやしている。何を思い、そして何を言いたいのかは、わかりたくないがわかってしまった。

このままだと入ってくるか、何か余計なことを言われてしまう。そう思って郁海は慌《あわ》てて口を開いた。

「あ、あの……着替《きが》えて行きますから、リビングに行っててください」

加賀見にも目で訴《うった》えた。なのにあっさりとそれは無にされた。

「一人で歩けるか？」

「大丈夫です……っ」

「え、そんなに悪いの？」

思わず、といった様子でこちらに近づこうとする前島を制したのは相原だった。

「心配ないと思うよ。どうせ足腰《あしこし》たたないだけだし」

「……それって……」

前島はちらりと加賀見に視線をやり、すぐに郁海に目を移した。ごまかすのは不可能だ。それほど彼は鈍《にぶ》くないし、すでに相原の言葉の意味を完全に理解したような顔だった。

大きな溜め息が聞こえた。

「何か……腹立つ」

呻《うめ》くような呟きをよそに、加賀見は部屋に入ってきてベッドサイドに腰《こし》を下ろした。

「何か着たほうがいいね。それとも、着替えるか」

「え？」

加賀見の手がパジャマの襟《えり》を軽くかき合わせた。ボタンを外していたわけではないが、開襟《かいきん》のパジャマからは素肌《すはだ》が見えていて、いくつも赤い痕《あと》が見えている。

失念していたことを突きつけられて、自然と顔が赤くなった。

そんな郁海を見つめる加賀見の瞳《ひとみ》が蕩《とろ》けそうなくらいに甘いことを、視線を受け止めている本人だけが気づいていなかった。

「キッチン借りるよ」

一声かけて相原が姿を消した。ついでにとばかりに前島を引っぱっていくのを忘れないあたりは、遊びの加減というものをよく心得ていると言えた。

文句を言おうとしていると、肩にカーディガンをかけられた。田中がくれた、手触《てざわ》りのいいカシミアだ。

「何も言ってないですよね？」

「もちろん。相原が勝手に推測しているだけだよ。まぁ、間違《まちが》っていないんだが……」

「……どうせだったら、先にリビングへ行ってくれればよかったのに」

「ああ……そうだね」

さらりと流されてピンときた。あれは確信犯だったのだ。恥《は》ずかしい思いをさせられたことに抗議《こうぎ》しようと睨《にら》んでみたものの、加賀見は難なく視線を受け取め、それどころか楽しそうな顔をした。

「どうせ知られていることだし、堂々としていればいいと思うがね」

「そういう問題じゃないんですっ」

きっと加賀見にはいくら言ったところでわかるまい。あるいは、わかっていてもそうでないふりをするのだろう。

郁海はぷいと横を向いた。

「ところで、田中氏から電話はなかったか？」

「いえ……」

何気なく携帯《けいたい》電話を見て、郁海は電源が切れてしまっていたことにようやく気がついた。

「それで私のところにかけてきたのか」

「何か言ってましたか？」

「まぁ、いつも通りの嫌味《いやみ》と注意事項《じこう》と愚痴《ぐち》だよ」

気にしたふうもなかった。田中が何を言っても加賀見はいつも軽く流している。相手にしていないというより、聞き飽《あ》きているのだ。

「少し釘を差されたりはしたがね」

「釘って……？」

「郁海がまともな大人になれないようなことはするな……とね。漠然《ばくぜん》としていて、答えようがなかったよ」

まともな大人、とやらの定義は曖昧だ。田中を基準にするならば、いくら何でも軽くクリアできそうである。もっとも先の自分がどうなっているのかは想像もできないから、もしかしたら田中の懸念《けねん》するようなこともありうるわけだ。

「なれなかったら、責任とってくれますか……？」

試しに尋《たず》ねてみると、加賀見は口の端を上げて、顔を寄せてきた。

「喜んで」

唇《くちびる》が軽く触《ふ》れ合う。約束の印のようなキスが終わるとすぐに、郁海の身体《からだ》はふわりと宙に浮《う》き上がった。

ぎょっとする間もなく、加賀見は言った。

「そろそろ行こうか」

「待っ……」

「あんまり遅くなると、余計に勘繰《かんぐ》られるぞ」

笑いながら歩きだす加賀見の腕《うで》から逃《のが》れることはできない。身体にそんな力は入らないし、暴れたらまた二人の客が何ごとかと見にきてしまいそうだ。

「加賀見さん……っ」

途中《とちゅう》でわざと落っことすような真似《まね》をするから、リビングに着く頃《ころ》には、郁海は加賀見の首にしっかりと抱《だ》きつくはめになってしまった。

あとがき

こんにちは。角川さんで三度目のご挨拶《あいさつ》です。

で、このシリーズも三冊目となりました。

さらに今回、このあとがきも三ページ。いや、だからどうっていうこともないんですが、長いと書くことがなくて困るなぁ……と（笑）。

そうですねー……、私は郁海《いくみ》の父を書くのが好きなんですが、今回は出てこなかったのでちょっと寂《さび》しいです。次回は出すぞ、と気合いを入れてみたりする。

ダメな人、好きなんです（笑）。父・田中《たなか》、ダメですからねぇ……。完璧《かんぺき》な人よりも、ダメな人によろよろよろ……。

テレビを見ていても、ダメな人に弱いです。ヘタレだともっといいです。ヘタレていたり、よろよろしている人（あるいはキャラ）を見ると、「あああっ、好き……」とやられてしまうことがよくあります。もちろんイレギュラーもありですが。あ、あと報《むく》われない人にも愛を感じます（笑）。

あ、これ前回も書いてますか？　似たようなこと書いてますね。

きたざわ尋子《じんこ》はヘタレで報われないキャラが好き！　ということで（笑）。で、まぁ、加賀見《かがみ》もダメなところかなりありなので、それはそれで楽しいです。田中と似たとこありますからね。やはり郁海はファザコンなのかもしれません。

一冊ごとに人が増えてきていますが、次回もまた増える予定です。人が出し切れなくなってきそうです。

うーん、書くことがないのでまったく違《ちが》う話に……。

相変わらずの特撮《とくさつ》生活です。待ちに待った、某《ぼう》宇宙刑事《けいじ》シリーズのDVDが発売されているので、がつがつと予約購入《こうにゅう》なんてしちゃってます。とりあえず手元に届いたギャ○ンのパッケージというかボックスがあまりに格好良くて、くらくらです。もうそれを見ているだけでも幸せ……。私の青春の思い出作品なので（特にシャ○バンが）、思い入れもひとしおなのです。

学校帰りに、某アクションクラブの事務所兼《けん》ファンクラブに通った遠い（遠すぎる）日々。あの頃《ころ》は「特撮ヒーロー番組」を見ているなんて大声では言えませんでした。小声では言ってたけど（笑）。

よい時代になったものですよね。特撮関係の本がいっぱい出てる。雑誌も出る。写真集まで出る。嬉《うれ》しいけど、ゲットするのは大変です。よく逃《の》がします（笑）。

もちろん毎週日曜にもテレビの録画を欠かしません。そんな時間起きられないし……（笑）。

ごめんなさい、七時半とか八時って、私にとっては早朝なんです。

いや、でもかなり楽しい毎日を送ってます。

近況《きんきょう》はそんな感じです。


さて、今回も挿絵《さしえ》をいただきました佐々成美《さっさなるみ》様には本当に大感謝です。

いつもいつも美しいイラストをありがとうございます。今回も本が出来るのが楽しみです。

印刷綺麗《きれい》に出るといいなぁ……。

へこたれているときに励《はげ》ましてくださる担当Fさんも、ありがとうございます。頑張《がんば》りますので、またかまってください。

そして読んでくださっている皆様《みなさま》にも感謝です。

とりあえず、加賀見と郁海の話はあと一冊予定してますので、よろしくおつきあいくださいませ。

きたざわ尋子

KADOKAWA RUBY BUNKO
身勝手《みがつて》なささやき
きたざわ尋子《じんこ》

角川ルビー文庫　R80-3　12738

平成14年12月1日　初版発行

発行者――井上伸一郎
発行所――株式会社角川書店
東京都千代田区富士見2-13-3
電話/編集(03)3238-8697
営業(03)3238-8521
〒102-8177　振替00130-9-195208
印刷所――旭印刷　製本所――コオトブックライン
装幀者――鈴木洋介

ISBN4-04-446203-8　C0193　定価はカバーに明記してあります。

KADOKAWA RUBY BUNKO

角川ルビー文庫

いつも「ルビー文庫」を
ご愛読いただきありがとうございます。
今回の作品はいかがでしたか？
ぜひ、ご感想をお寄せください。

〈ファンレターのあて先〉

〒102-8177 東京都千代田区富士見2-13-3
角川書店 アニメ・コミック編集部気付
「きたざわ尋子先生」係